옹달샘 언어가 들리나요?

: 담덕이의 일기

책과나무

단발머리 담덕 다섯 번째 책

옹달샘 언어가 들리나요?: 담덕이의 일기

초판 1쇄 인쇄일 2026년 1월 8일
초판 1쇄 발행일 2026년 1월 15일

지은이 | 스텔라
펴낸이 | 양옥매
편   집 | 조준경
디자인 | 김영주

펴낸곳 도서출판 책과나무
출판등록 제2012-000376
주소 서울특별시 마포구 방울내로 79 이노빌딩 302호
대표전화 02.372.1537 팩스 02.372.1538
이메일 booknamu2007@naver.com
홈페이지 www.booknamu.com
ISBN 979-11-6752-724-0 (03810)

❀ 단발머리 담덕 다섯 번째 책 ❀

옹달샘 언어가 들리나요?

: 담덕이의 일기

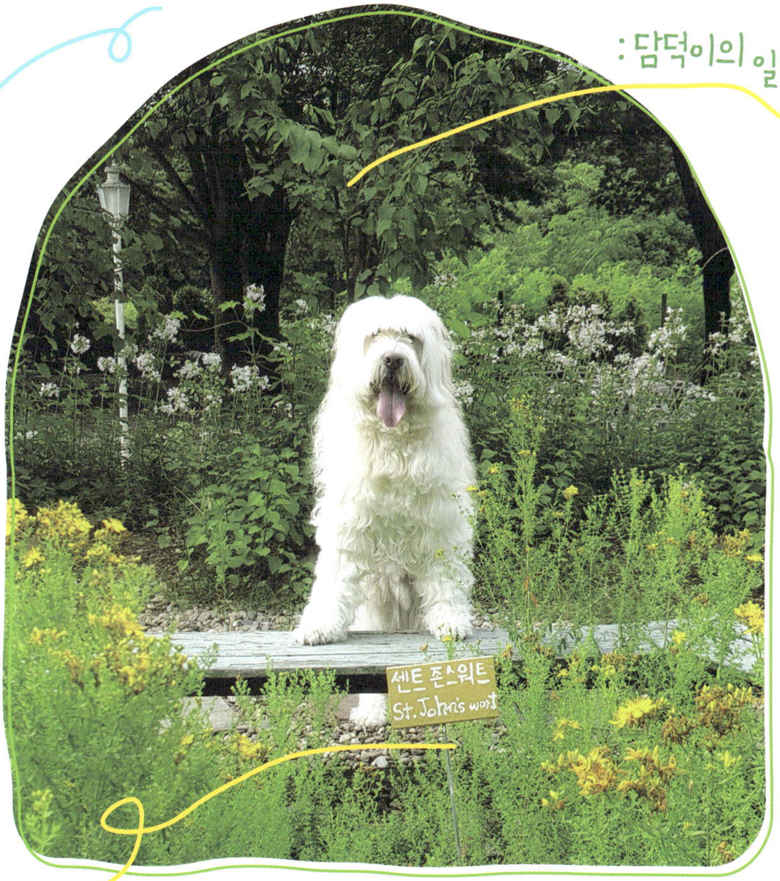

센트 존스워트
St. John's wort

● 스텔라 지음 ●

1권 『단발머리 담덕』

(2013년 봄부터 시작된 첫 번째 이야기)

2권 『삶이 웃는 날은 쉬어 간다』

(2019년 초여름부터 이어진 두 번째 이야기)

3권 『담덕이의 정원은 스텔라의 농원』

(2021년 봄부터 세 번째 이야기)

4권 『고마운 인연이 행복한 우연을 불렀다』

(2022년 봄부터 네 번째 이야기)

5권 『옹달샘 언어가 들리나요?』

(2023년 봄부터 다섯 번째 이야기)

담덕이의 일기는~~

함께할 수 있는

시간의 길이를 느끼는

스텔라가 쓰는,

단발머리 담덕의

다섯 번째 책이다

담덕에게

    너를 처음 만났을 때 단발머리를 하고 캉캉 치마를 입은 듯한 하얀 털이 인상적이었어.

    네가 걸을 때마다 마치 왈츠를 추는 듯 우아해 보였지.

    낯을 많이 가리는 넌 쉽게 곁을 주지 않지만 식물을 대하는 너의 그 아련한 감성과 섬세함에서 순수를 알게 되더구나.

    세이지와 라벤더, 로즈마리, 앨리와 그레이스, 홍홍 여사님, 자작나무 오 형제와 서든리에게도 인사하며 정원을 둘러보겠지.

    너의 선한 눈빛이 사색에 잠길 때면 계절이 바뀌는 중일 거야.

    늘 기억하렴.

    스텔라 엄마의 발걸음 따라 움직이며 사랑을 전달하는 너는 특별한 존재라는 걸.

오피아 이모가

contents

prologue / 5

데이지꽃보다
더 행복한

2023 | 5 | 1 | 오후 2시

안녕? 미스 김 라일락^^

나는 담덕, 그리고 신담덕이야.

아빠 성을 따르지 않아서

아빠는 조금 섭섭해하시는데

나는 엄마바라기거든ㅎㅎ

데이지 꽃이 풍성해지고 있다.
캐모마일도 꽃이 피기 시작했다.
마가렛은 이제 쉬고 싶어 하는 것 같다.

스텔라 엄마는 귀여운 마가렛과
수수한 데이지를 다 좋아하신다.

크기만 다를 뿐 똑같이 생긴 것 같은데
캐모마일에선 내가 좋아하는 사과 향이 난다.

작은형아가 감기에 걸렸을 때
캐모마일차를 진하게 우려 마시는 걸 본 적이 있다.

나를 따뜻하게 안아 주실 때
엄마가 캐모마일처럼 느껴지는 걸 아실까?

땅속 뿌리까지 흠뻑 적셔 주길 바라며 비를 기다렸던 식물들은 좋아하겠지만 하필 어린이날 보슬비가 내려서 나는 산책도 못 가고 슬펐다.
근데 내가 좋아하는 라면을(스프가 안 들어간) 끓여서 토마토와 치즈에 곁들인 후 아침으로 주셔서 기분이 나아졌다.

비가 그치면 나가려고 발코니에 누워 있는데 큰형아가 신기한 걸 선물해 주었다.
강아지들이 먹을 수 있는 술이라고 했다.

담덕.
너도 이제 아빠랑 한잔할 수 있어.

라고 큰형아가 말하는 순간 깜짝 놀란 엄마가 큰형아의 등을 짝~ 때리며 안 된다고 큰소리로 말씀하셨다.
알고 보니 이름만 술일 뿐 강아지들이 먹을 수 있는 음료수라고 한다ㅋㅋ 큰형아는 억울하겠다.

엄마는 서든리에게 구운 고기를 선물하고 세상의 어린이들을 위해 유니세프에 기부하는 것도 잊지 않으셨다.

내가 하부지(할아버지)가 되고 형아들이 점점 나이가 들어도 엄마 눈엔 그저 철부지
어린애로만 보인단다.
ㅎㅎ 아빠도 그렇게 말씀하셨는데^^

모두모두 행복한 어린이날이어야 해.

2023 **5** **7** **밤** **10시**

내가 웃으면 데이지꽃이 행복해한다고 엄마가 그러셨다.

형아들이 그 꽃을 꺾어 병에 담을 때부터 알 수 있었다.

어버이날이 다가오니 엄마의 엄마와 아버지가 계신 호국원에 간다는 걸.

북한군에 형님을 잃은 할아버지는 6.25전쟁 때 자유 민주주의를 위해 애쓰셨던 분

이시라 돌아가신 후 호국원에서 쉬신다 하셨다.

할아버지 돌아가신 후 일주일쯤 지났을 무렵 가족이 된 나는 할아버지를 본 적이

없다.

할머니는 나를 무척 예뻐해 주셔서 나도 할머니가 그립다.

해마다 가족들이랑 호국원에 가면 나는 차에서 기다리며 할머니께 인사를 드린다.

그리고 눈가가 촉촉해진 엄마의 희미해진 웃음이 밝아질 때까지 엄마를 안아 드

린다.

우리들이 좋아하는 경주에 들러 형아들이 부모님께 감사하는 마음으로 준비한 뷔
페를 먹었다.
비가 계속 내려 보문호수 산책을 못 하고 드라이브를 하며 좋아하는 노래를 다 같
이 불렀다.
너에게 난 해 질 녘 노을처럼~~
가족들이 다 같이 모여 서로 웃으며 즐거워하는 이 시간이 참 소중하다.

집으로 오는 차 안에서 작은형아의 품에 스르르 잠이 들며 데이지꽃보다 내가 더
행복하다고 생각했다.

형아들이 준비한 어버이날 케이크를 드시는 엄마에게
어제 일터로 돌아간 작은형아의 전화가 왔다.
키워 주셔서 고맙습니다.
사랑합니다.

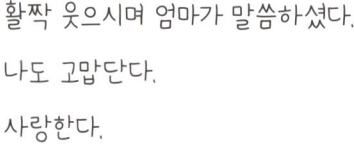

활짝 웃으시며 엄마가 말씀하셨다.
나도 고맙단다.
사랑한다.

ㅎㅎ 나도 그렇다.
항상 반려견인 담덕이를 먼저 생각하셔서
느긋하고 편한 여행과 자유로운 생활들을 포기하시고
담덕이를 키우는 번거로움을 사랑으로 받아들이시는
스텔라 엄마와 슈렉 같은 아빠께 고마운 마음뿐이에요.
사랑해요♡

엄마는 담덕이의 옹달샘 언어를 알아들으시죠?

라일락의 연보라색을 닮은 아이리스가
정원 곳곳에 피어나고 있다.

앨리와 그레이스 아래에서 정원으로 가는
울타리 너머의 아이리스를 가까이 느끼고 싶어
고개를 쓰윽 내밀었는데
그 아래에서 낮잠 자던 고양이, 서든리가
나를 보더니 줄행랑을 쳤다.
나도 네가 그 곳에 있을 줄 몰랐단다ㅋㅋ

캐모마일 수확하느라 바쁜 엄마는
아이리스 앞에서 내가 웃는 이유를 모르실 거다.

서든리가 담덕이를 보더니
놀라서 뛰어가는 모습이 귀여웠어요ㅎㅎ

가득 핀 데이지꽃들이 울타리가 되어 주니 그 안쪽의 다알리아와 차이브, 방풍나물은 데이지 왕국의 보호를 받으며 행복한 듯 보인다.

나도 가족들의 보호막 안에서 행복하다.
밤새 푹 자고 일어나면 덮여 있는 귀를 위로 열어 후우~ 바람을 불어 주시며, 잘 잤니? 하고 엄마가 안아 주신다.
아빠도 머리를 쓰다듬어 주시고 큰형아는 잠이 덜 깨어 찌뿌둥한 나를 당겨서 억지로 끌어안으려 한다.

깨끗한 물과 간식, 내가 좋아하는 토마토와 사과 그리고 푹신한 잠자리가 늘 준비되어 있고 하루에도 여러 번 정원에 나갈 수 있다.
가족들의 사랑에 보답하려 나는 흐트러짐 없이 철저한 보안 태세로 집 안팎을 둘러보며 경비 업체보다 더 완벽하게 가족들의 안전을 지킨다.

바르게 보호해 주고 따뜻하게 이끌어 주는 보살핌은 열정을 가지고 살며 누군가를 위해 헌신할 수 있는 힘을 만들어 준다.

온통 흰 털로 덮여 있는 나는 예쁘다 하시면서
엄마 머리에 자꾸자꾸 생기는 흰 머리카락은 밉다 하신다.

귀부인 같은 붉은 작약을 보며 감탄하면서도
머리색은 흰 작약만 떠올리는 것 같았다.
나는 흰 작약꽃도 예쁘고 다 예쁜데.

온통 하얀색 털북숭이인 나에 비하면
조금만 하얀색인 엄마의 머리카락을 자꾸만 밉다 하신다.

꿈꾸는 장미들의 시간에

나의 사랑을 더할까?

엄마의 손에 캐모마일이 한가득이다.

한참 동안 잘 기다린다며 나의 등을 쓰다듬어 주실 때면

엄마에게서 캐모마일 향이 묻어난다.

건조실 칸마다 캐모마일과 레몬버베나가 가득 들어가 있다.

허브 수확에 열중인 엄마를 보며 찔레꽃에게 인사하러 갔다.

오월에는 아침 인사를 기다리는 친구들이 많아 서둘러야 한다.

장미는 물론이고 작약, 아이리스, 체리 세이지, 라벤더 등등

오늘 아침은 하아얀 찔레꽃 앞에서 오래 머물렀다.

미소를 머금고~~

올해도 반가워.

참 예쁘구나♡

어제 저녁때부터 갑자기 물이 안 나왔다.

여느 때처럼 아빠가 한두 시간 모터를 고체하면 될

줄 알았는데 이번엔 크게 고장이 났나 보다.

20년이란 세월 동안 엄마만 나이가 든 게 아니었다며

그동안 무리 없이 물이 나오게 해 준 부품들에게 엄마는 고맙다 하시는데 아빠는

흥미가 생기신 듯 노후된 곳이 없는지 이참에 다 파헤쳐 보려 하셨다.

토요일날 크레인까지 불러 작업을 하실 거란다.

엄마가 바삐 움직이셨다.

큰형아에게 제빙기의 얼음을 퍼담아 담덕이가 씻는

욕조에 두라고 하셨고 냉장고에 있는 물은 담덕이를

위해 두어야 하니 생수를 사러 가겠다고 하셨다. 식

물들과 물을 나누기 위해 생식과 채식 위주의 맑고

단순한 식사를 하고 씻은 물도 잘 활용해야 된다고

하셨다.

테라스의 연못에 있는 물을 물뿌리개에 담아 화분의 식물들에게 줄 수 있어서 다행

이라고 하시며 정원의 식물들에게는 상황을 설명하고 같이 잘 이겨 내자고 하셨다.

아빠는 엄마에게 숙소를 예약해 줄 터이니 주말까지 담덕이와 여행을 다녀오면

어떻겠느냐고 하셨다.

그렇지만 지구의 조화로움에 무리가 생긴 듯 오월에 33도가 넘는 날들이 이어지고 있는데 정원의 식물들을 두고 갈 수는 없다고 엄마가 단호하게 거절하셨다.

엄마가 생수를 사러 마트에 들어가시며 말씀하셨다.

너는 걱정할 거 없단다.
물이 안 나오는 것이 답답하긴 하지만
행복이라는 하늘에 잠시 드리운 먹구름 같은 거야.
먹구름은 해님에게 쫓겨날 것이고
고장 난 물은 아빠가 해결해 주실 거야.

그래서 나는 차 지붕 위로 얼굴을 내밀고 먹구름이 있나 하늘을 살펴보고 있었다.

생수를 엄청 많이 사서 집으로 돌아오니 8,000리터 물차가 와 있었다. 갈증 난 정원의 식물들을 걱정하는 엄마를 위해 아빠가 부른 것이다.
엄마는 빙그레 웃으시며 스프링클러를 틀고 정원으로 뛰어가셨다.

엄마의 흰머리를 보면 슬퍼진다고 말하는 큰형아에게 엄마는 이제 더 이상 염색을 하지 않을 거라고 하셨다.

물이 안 나오는 상황에서 내려 준 비가 참 고맙다고 말씀하시며 평소에는 아까워서 보기만 하시는 정원의 꽃들을 싹둑 자르셨다.
엄마의 가슴에 뒤엉킨 소용돌이가 들어 있는 듯했다.

엄마가 좋아하는 클래식한 차에 아이리스와 데이지, 장미 몇 송이를 안전띠로 고정하시더니

나에게 다음 생이 있다면 우리 집 남자들은 절대로 안 만나.
담덕에게도 이번 생에만 엄마 할 거야.

그리고 혼자 외출을 하셨다.

담덕이는 영원히 함께할 거라고 하셨는데 엄마의 가슴이 고장 난 듯했다.

서너 시간이 흐른 후 정수리에서 하얀색이 사라진 머리를 하고 엄마가 돌아오셨다.

나에게 시원한 물을 챙겨 주셨던 김영희 원장님한테 다녀오신 거였다.
싱싱한 상추와 쑥갓을 뜯어 점심상을 차리시며

담덕이 엄마라서 염색을 하고 왔지.
담덕이 엄마가 할머니처럼 보일까 봐.

큰형아가 좋아라 하며 말했다.

담덕. 너, 건강하게 오래오래 살아.
우린 흰머리 엄마가 슬프니까.

무언가 답답한 듯했던 엄마의 가슴에서 소용돌이는 사라진 듯했다.

담덕이는 몰랐다.

우편함 옆 나무로 만든 작은 집을 옮기면 물탱크실과
연결되는 통로가 나타나는 것을.

아빠가 만드신 나무집을 옆으로 옮겨 두고 아저씨들
이 안으로 들어가서 작업을 하셨다.

크레인과 다른 장비들이 낡은 관을 새것으로 고체하
는 것을 아빠 옆에 딱 붙어 지켜보았다.

요즘 새로 나타난 고양이 차콜도 테라스 입구에서
호기심 어린 눈으로 쳐다보고 있었다.

이사 오기 전부터 무지개 샘이라고 불리는 맑은 물이
샘솟는 곳이었던 우리 집은 예전부터 장 담글 때가
되면 먼 곳에서 물을 구하러 오는 곳이었다고 한다.

팔공산 순환도로 위쪽으로는 귀하게 건축 허가가 난
우리 집은 물이 마른 적이 없었다고 한다.

며칠 전 아빠가 8,000리터의 물차를 불러 주신 데다 운 좋게 비가 와서 다행이었
지만 늘 풍족하던 물이 정상적으로 안 나오니 삶이 멈추는 것 같다며 엄마가 불편
해하셨다.

지하 100미터 아래까지 관을 교체하자마자 며칠 동안 갑갑했다는 듯 물이 콸콸
콸~ 뿜어져 나왔다.

이제야 일상이 제자리를 찾으며 편안해졌다.
아마도 내일 산책 후에는 엄마가,
담덕이 목욕하자~~
하실 것 같다.

2023 5 22 오후 3시

키친 가든의 빨간 장미들과는 열한 번째 만남이다.

온실 안에서 한 달쯤 일찍 피는 장미들과 같은 종류인데 아빠가 엄마에게 장미를

빨리 보여 주고 싶어 온실에도 심으신 거라 하셨다.

소나무와 장독대, 상추와 데이지가 어우러진 이 장미 넝쿨 아래에서 엄마와 나는

새소리를 들으며 한참 머무르곤 한다.

예전에는 이곳에서 장미만을 바라보며 감탄했었는데 오늘 아침에는 장미를 바라

보는 엄마를 바라보았다.

열한 해를 만나며 나의 옹달샘 언어를 알아듣는 장미들이 엄마를 바라보는 나의

눈빛을 읽고 있었다.

요즈음 나는 공놀이를 하거나 산책이 길어

지면 예전보다 숨이 차고 얼른 쉬고 싶어

진다.

언젠가 나는 보이지 않는 모습으로 엄마의 가슴에 남을 테지만 엄마가 좋아하는 여러 형태로 사랑을 전하고 싶다.
바람으로, 햇살로, 이슬비로, 함박눈으로…

언젠가의 오월에는 이 넝쿨 아래에 계실 엄마에게 내 마음을 알고 있는 장미들의 꽃잎 사이에서 웃음이 되어 드리고 싶다.

옹달샘 언어가 들리나요? :담덕이의 일기

우리 집이 있는 팔공산은 도립 공원이었는데 어제 국립 공원으로 바뀌었다.
그래서 담덕이는 이제 국립 공원에 사는 삽살개가 되었다.

국립 공원이 되면 무엇이 좋은 걸까?
우리의 일상은 달라진 것이 없다.

엄마는 늘 그렇듯 6시쯤 일어나셔서 사부작사부작 집 안팎을 둘러보며 하루를 시작하셨다.
꽃 양귀비가 예쁜 정원을 갖고 계신 재계 이모네에서 어젯밤에 선물해 주신 피어리스 나무를 엄마가 심으시는 동안 나는 공을 갖고 놀았다.

나무를 심을 때면 나를 데리고 아주 천천히 정원을 거닐며 한참을 둘러보신 후 자리를 정한다는 걸 나는 알고 있다.

우리 집으로 오려고 가지치기를 많이 했지만 달콤한 나무라는 걸 피어리스 곁으로
다가가는 순간 알 수 있었다.

물을 흠뻑 주시며 엄마가 말씀하셨다.
국립 공원이 된 날 행운을 부른다는 네가 우리 집에 왔구나.
바람이 잘 통하는 곳에 보금자리를 만들었단다.
건강하게 지내며 우리에게 행운을 주렴.
나는 고마운 인연이 행복한 우연이 된다는 걸 안단다.

싱그러움이 가득한 샬롯♡

그 사랑스런 장미 옆에서 엄마가 작업하는 것을 지켜보았다.

엄마가 직접 알리는 글들을 쓰신다.

아빠가 나무로 만들어 주신 틀에 색칠을 하시더니

엄마가 좋아하는 물뿌리개를 달고 글씨를 쓰셨다.

쓱쓱쓱쓱~

허브위_스텔라의 정원

Herbwe_Stella's Garden

오호~~

농원farm이 아니라 정원garden이네.

하하~~ 아래에 덧붙이셨네.

삶이 웃는 날은 쉬어 간다.

역시, 스텔라 엄마 스타일♡

엄마의 글씨에는,

삶이 웃는 순간을 아는 여유로움이 담겨 있다.

자연과 어우러지는 삶을 추구한다.
생각도, 말도, 행동도~~

허브를 수확 후 바람과 햇볕, 습기를 조절하며 자연 건조하는 것은 정성 들인 손의 수고로움이 필요하고 번거롭지만, 이 또한 우리가 추구하는 삶의 한 형태이기에 엄마는 여태 그렇게 해 오셨다.

다양한 허브들의 효능을 알고 그 특성에 맞추어 햇볕에서, 건조실에서, 바람이 통하는 나무 아래에서 작업을 하신다.
담덕이와 형아들도 다름을 인정하며 그렇게 정성껏 키우셨다.

내일부터 비 소식이 있다 하니 이른 아침부터 캐모마일 수확과 건조에 바쁜 엄마를 따라다녔다.

먼저 수확한 것부터 건조실 윗칸에 넣은 후 마음에 들게 완성이 되면 아래칸에 있는 허브들을 윗칸으로 옮겨 구분하신다.

미스터 블랙과 차콜이 다 먹어 버려 그릇이 비어 있었나 보다.
서든리가 아까부터 와서 기다리고 있는 걸 나는 알 수 있었기에, 엄마를 따라다니다 대나무 숲으로 향하며 옹달샘 언어로 알려 드렸다.

바쁜 일손을 멈추고 깨끗한 물과 간식을 챙겨 주시며 대나무 숲에 숨어서 보고 있을 서든리에게 말씀하셨다.

서든리~~^^

담덕이에게 고마워하렴.

담덕이가 알려 준 거란다.

지난밤에 멧돼지가 아주 가까이 있었다.

아기였던 서든리를 우리가 처음 보았던 대나무 숲의 커다

란 바위 옆에서 부스럭부스럭 꺽꺽~~

바로 집 뒤편이라 신경이 쓰였다.

엄마와 아빠께 알려 드렸더니,

배가 고파서 내려왔나 봐.

마침 비가 내리니 비 그친 뒤 죽순이 우후죽순 마구

마구 생기면 또 먹으러 올 거야.

부처님 오신 날에 부처님의 자비가 저 멧돼지에게도

가득하기를 바라자.

자정이 다 되어 도착한 작은형아는,

아유 우리 담덕.

집 지키느라 수고가 많네.

네가 있어 형아가 멀리 있어도 든든해.

여행에서 돌아오면 큰형아에게도 알려 줄 것이다.

잠시 비가 그쳤을 때 장미 엠마뉴엘에게 가서 멧돼지 얘기를 해 주었다.

멧돼지도 산 위에서 우리의 장미들을 보고 있을까?

가까이에서 장미를 보면 더 사랑스러울 텐데 장미가 멧돼지를 보면 기절하겠지.

어쩌면 굵고 뾰족한 장미의 가시를 멧돼지는 이미 알고 있을지도 몰라.

우리가 산책 가는 길에 있는 소나무 아래에 병과 쓰레기들이 땅속 깊이 박혀 있었다.

지난번 산책 때 이걸 보고 엄마가 빼내려 했지만 쉽게 되지 않았다.

며칠 내렸던 비가 그치자마자 산책을 갔다.

엄마 손에는 호미와 쌀을 담았던 포대가 들려 있었다.

비에 젖은 땅이라 이번에는 쓰레기들이 잘 빠져나왔다.

이제야 소나무들이 편하게 숨을 쉬겠구나.

얼마나 멋진 나무들이니?

그늘이 되어 준 나무 아래에서 잘 쉬었다가 고마움을 모른 채 쓰레기를 버리고 간 사람들의 양심은 부끄러운 색깔일 거야.

엄마가 그리 말씀하셨다.

산책에서 돌아오면 엘리와 그레이스 아래의 벤치에서 담덕이는 한참 쉬었다가 씻는다.

이제는 나이가 들어 산책 후 바로 씻는 게 힘들기 때문이다.

내가 쉬는 동안 엄마는 장독대에서 된장을 담고 상추와 쑥갓, 파를 뜯으셨다.
아마 오늘 점심은 된장찌개와 상추쌈인가 보다.

어느 정도 쉬고 나서 갈증이 느껴질라 하면 엄마가 용케 아시고 내가 좋아하는 토마토를 갈아서 부르신다.

근데 그 전에 나는 자작나무 아래에 있는 어린 가든 세이지가 괜찮은지 보고 싶어졌다.
얼른 뛰어가 보니 빗물이 튀어 흙이 조금 묻었지만 달맞이꽃과 친구 하며 잘 있었다.

2023 5 31 오전 10시

밤 11시가 지나면 달문으로 나가서 쉬야를 하고 밥과 물을 먹는다.
그러고 나서 엄마가 소창을 손가락에 말아 이를 닦아 주면 아침까지 푹 잔다.

보통 아침 6시가 되면 엄마가 담덕이를 데리고 정원에 나가서 응가를 할 수 있게 해 주신다.
비가 오든, 눈이 오든, 여행을 가든 나를 위해 늘 그렇게 해 주셨다.

달이 잘 보여서 우리가 달문이라고 부르는 주차장 쪽으로 나가서 인동덩굴 아래에 쉬야를 하는데 그 향이 코끝에 닿는 순간 정원의 장미 향이 바람을 타고 와 같이 느껴지는 듯했다.

장미가 사랑한 시간들에 나의 기억이 있을까?
엄마가 사랑하는 기억 속에서 나는 어떤 의미인 걸까?

2023

6월

우리의 삶과
닮은 정원

2023 6 2 오전 9시 30분

우리가 만들고 가꾸는 정원에는 우리의 시간들이 존재한다.
로즈마리 향의 추억과 뿌듯한 땀방울과 라벤더 같은 웃음까지~~

화려하고 멋진 정원이나 산책로를 만나면 감탄하다가도 집으로 돌아와 우리의 정원에 발을 딛으면 바람이 해님과 인사하며 쉬어 가는 우리의 삶이 와닿는다.

오랜 시간 정성 들인 손의 수고로움으로 만드는 담덕이의 정원 안에 스텔라 엄마의 농원이 있다.
우리의 삶과 닮은 정원이다.

주말에 작은형아가 오면 엄마의 웃음이 커다래진다.

담덕이도 덩달아 기분이 좋아진다.

친구들과의 약속이 많은 걸 아는데 가족들과 함께하는 시간을 꼭 챙기는 작은형아는 참 멋지다.

우리가 좋아하는 경주에서 맛있는 밥을 먹고 가족들이 여유로이 보문호수를 산책할 때면 나의 발걸음이 날아갈 듯하다.

특히나 저녁을 먹은 후 보문호수의 불빛 따라 밤 산책을 하면 아름답고 시원하다.

라한호텔이 되기 전 현대호텔로 운영되던 마지막 날에도 이 산책로를 거닐었었다.

라한으로 바뀌기 전 한 달 동안 현대호텔 뷔페에서 다양한 와인을 무제한으로 제공했었기에 아빠가 매주 오시면서 나도 따라와 같이 산책을 할 수 있었던 것이다.

라한호텔로 바뀌면서 옥상 정원은 강아지들이 출입할 수 없게 되었지만 그래도 여

전히 이곳을 좋아한다.

오늘은 이곳의 터줏대감 고양이를 만났는데 그 위세당당한 모습은 여전했다.
보문호수에서 고양이들과 마주칠 때마다 우리 집 대나무 숲의 예쁜 고양이 아가씨
서든리가 떠오른다.
집에 돌아가면 서든리의 밥부터 챙겨 주어야겠다.

큰형아가 공을 세 번째 던져 주었을 때 달려가지 않
았다.
이젠 힘들다.
더워서 더 그렇겠지만 한 번 두 번 달려가고 나면 숨
이 차서 그만하고 싶어진다.

엄마는 2013년에 태어난 담덕이에 대해서 잘 알고
산책과 공놀이를 번갈아 조절해 주신다.
형아와 공놀이를 한 날은 산책을 쉬고 엄마의 정원
일이 길어질 때면 나무 그늘 아래 모기장을 쳐서 쉬
며 바라보게 해 주신다.

오늘은 이른 아침에 나를 쓰다듬어 주시며 말씀하셨다.
담덕.
천천히 아주 천천히 걷는 거야.
여름이 이제 시작인데 잘 견뎌 내야 해.

산책 중에 인도 블록 사이로 드러난 나무뿌리는 밟지
않고 건너간다.
나무에 대한 존중의 표현이다.

처음엔 나무의 줄기인 줄 알았는데 엄마가 밟지 않고 뛰어넘듯 건너가시기에 가만히 보니 뿌리였다.
우리의 산책이 궁금하다는 다알리아에게 산책하다 만난 나무뿌리에 대해 얘기해 주었다.

쉬고 있으니 엄마가 나를 위해 수박을 갈아 오시네.
여름엔 역시 수박.
엄마의 사랑이 담긴 수박 먹고 더운 여름 잘 견뎌 낼게요.

요즘 엄마는 라벤더를 수확하신다.

노지에서 자라는 잉글리쉬 라벤더는 조금 더 기다려 주어야 하기에 온실에 있는

프렌치 라벤더부터 잘라 허브티도 만들고 아이스크림도 만든다.

아이스바ice bar 하드처럼 만드려니 고정해 주는 틀이 마음에 들지 않는다며 엄마

가 투덜투덜하시자 아빠가 뚝딱뚝딱~ 얼릴 때 하드의 나무 막대를 고정해 주는

덮개를 만들어 주셨다.

엄마가 만든 라벤더 시럽과 우유, 말린 라벤더를 섞어 하드가

완성되었다.

큰형아가 좋아라 했다.

담덕이도 한입 먹어 보니 라벤더 향이 가득 느껴진다.

더 먹고 싶은데 나는 멍멍이라서 더 먹으면 안 된다고 한다.

아무리 불쌍한 표정을 지어도 안 된다고 한다.

유리 이모가 로건이를 안고
이모부가 로겸이를 안고 세영이와 다녀갔다.
우당탕탕 쿵쿵쿵~~
에너지가 넘치는 아이들이었다.

초등학교 1학년 세영이도 담덕이와 놀고 싶어 하고,
20개월 두 쌍둥이들도 멍뭉이 멍뭉이 하며 나를 찾
았지만 나는 인사만 나누고 어울리지 않았다. 날도
더운데 잠시도 쉬지 않고 돌아다니는 그 아이들을
감당하기 버거웠기 때문이다.

형아 방 침대 아래에서 모른 체 누워 있는데 대나무 숲에서 멧돼지 소리가 들렸
다. 신경이 쓰여 창문으로 보니 두 녀석이 죽순을 먹으려고 온 것 같았다.
개구쟁이 아이들도 와 있는데 혹시나 위험한 상황이 생길까 봐 엄마에게 알려 드
렸더니 기특하다며 머리를 쓰다듬어 주셨다.

유리 이모네도 가고 멧돼지도 간 후,
엄마가 찐 고구마를 으깨어 우유에
말아 주셨다.
아~~ 행복해.

큰형아가 아빠처럼 느껴질 때가 있다.

늦게 들어오실 때면 손에 맛있는 걸 꼭 들고 오시는

아빠처럼 큰형아도 여행 가거나 외출했다가 담덕이

를 위한 게 보이면 사 들고 온다.

엄마가 키위를 주시면 내가 골드키위를 좋아하는 걸

알고 먼저 챙겨 준다.

엄마 속을 끓이게 만들던 고등학생일 때 큰형아는 자기만의 색깔로 주위를 평정하

려던 페퍼민트 같았는데 요즈음은 로즈마리처럼 와닿는다.

머리를 맑게 해 주는 로즈마리는 강한 페퍼민트와 부드러운 레몬버베나를 다 품고

있다.

아침에 정원에 물 주던 큰형아가 로즈마리 옆에서

나를 안아 주는데 헐~~ 큰형아의 내면에는 여전히

페퍼민트가 가득했다.

그런데 모나지 않고 진한 박하 향이다.

스트레스와 묵은 생각들을 날려 버리는~~

2023 6 15 오전 9시

무척 더웠다가 한차례 소나기가 쏟아지는 날들이 이어지고 있다.

덥고 습해서 지칠 때마다 민트류들이 전해 주는 향이 몸과 마음을 정화시켜 주고 있다.

정원의 모든 민트류들이 한창이다.

엄마는 페퍼민트로 허브티를 만들면서 다른 종류의 스피어민트, 애플민트, 박하를 적절하게 섞어서 독특한 차를 만들기도 하신다.

허리를 구부려 한참 동안 풀을 뽑다가 일어나실 때 살짝 어지러워지면 주위에 있는 어떤 민트 잎이든 따서 입에 넣고 씹으신다.

그럴 때면 내가 좋아하는 사과 향이 나는 애플민트 옆에 있다가도 얼른 엄마 곁으로 뛰어간다.

담덕이 뛰어왔구나~

엄마가 웃으시면 그제야 마음이 놓인다.

살구가 풍년이다.
두 그루의 나무에 그야말로 살구색의 살구가 가득 달려 있다.

작년까지만 해도 사다리에 올라가 살구를 따시던 엄마가 올해는 나무에서 떨어지는 살구들만 모으신다.

나무에 달려 있는 아이들은 그냥 두고 싶어서 그래.
저 아이들을 억지로 떼어 내고 싶지 않네.
바라만 봐도 행복하잖아.
잘 익은 아이들은 바람이 불지 않아도 때가 되면 아래로 내려온단다.

그리 말씀하셨지만 이제는 사다리에 오르는 것을 불편해하신다는 걸 담덕이는 알고 있다.

살구에 싱싱한 로즈마리를 넣어 잼을 만들어 지인들에게 나누어 주시고 통에 나누어 담아 얼려 두었다가 필요할 때마다 주스를

만들어 우리에게 주신다.

엄마가 나를 위해서 설탕을 넣지 않고 만들어 주시는 살구 주스는 정말 맛있다.

홍홍여사님(백일홍) 아래에서 아침에 만난 로즈마리는 몰랐겠지?

스텔라의 잼이 되기 위해 살구와 사랑에 빠질 것을.

호스 래디쉬를 보고 있는데 엄마가 부르셨다.

치석을 제거해야 한단다.

아… 하기 싫지만 치석이 쌓이면 발치할 수도 있다고

하니 해야만 한다.

계절이 바뀔 때마다 아빠가 치석을 제거해 주신다.

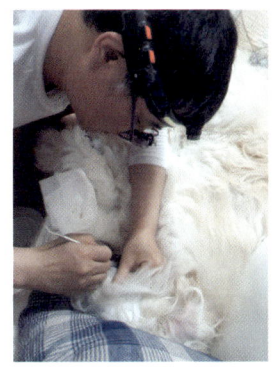

소파에 누워 엄마가 내 눈을 안대로 가리고 잡아 주

시면 아빠가 이마에 전등을 달고 뾰족한 도구로 지지

~~ 라고 말씀하시며 시작한다는 걸 알려 주신다.

무섭지만 부모님을 향한 온전한 신뢰로 잘 견디는 편

이다. 내가 다칠까 봐 아빠는 엄청 조심하시고 엄마

는 내가 지치고 힘들까 봐 옆에서 계속 얘기를 해 주

신다.

다 끝나고 나면 엄마가 블루베리와 바나나를 플레인 요구르트에 갈아 주시며 칭

찬해 주신다.

기특한 우리 담덕이♡ 부드러운 거 먹고 쉬려무나.

어차피 해야 되는 일은 밝고 씩씩하게 하는 게 더 낫다고 생각한다.

마트에서 파는 것보다 덜 예쁘고 갸날프지만
우리에겐 소중한 오이가 열렸다.
ㅎㅎ 신기해.
오늘 점심은 오이냉국이겠네.

엄마가 끝이 휘어진 오이 두 개를 연결해서
하트 모양을 만드시는 모습에 웃음이 나왔다.

엄마는 하트를 정말 좋아해.
그래서 담덕이도 하트를 좋아해.
누군가를 사랑하면 따라쟁이가 되는 거 같아.

딜은 휀넬과 많이 닮았다.

포기 전체에 독특한 향기가 있는데 노란 양산을 편 듯한 꽃이 폈다.

딜의 꽃을 꺾어 엄마가 나의 머리에 왕관처럼 올려 주시며

딜 왕자님, 담덕~

이라고 불러 주셨다.

어제는 레몬밤 왕자님이었는데ㅎㅎ

손이 가는 일이 많아 바쁜 엄마는 아주 간단하게 딜을 활용하신다.

삶은 달걀을 나를 위해서 따로 덜어 낸 후 나머지 달걀을 반 잘라 올리브오일과

소금을 살짝 뿌리고 딜을 올려 드신다.

무나 오이로 피클을 만들 때에도 넣으시고 샐러드에도 꽃을 올리신다.

예전에는 딜식초도 만들고 딜샌드위치도 만드셨다는데 내가 가족이 된 이후에는

나에게 신경 쓰느라 허브를 활용하는 다양한 활동들이 멈춤이라고 하시며 웃으

셨다.

어제는 레몬밤 왕자님

오늘은 딜 왕자님

어쩌면 내일은 차이브 왕자님이 될지도

모르겠다ㅎㅎ

제라늄은 우아하고 사랑스럽다.

그렇지만 습한 걸 무척 싫어하고 추위에도 약해서 그 까다로움을 받아 주기가 쉽지 않다.

비가 오면 테라스에 나와 있는 제라늄 화분부터 실내로 옮기고 겨울이 되면 추위로부터 제일 안전한 온실 중앙의 티트리 아래로 옮긴다.

담덕이가 다가가니 그 제라늄이 방긋 웃으며 말했다.

우리만 까다로운 게 아니야.

너도 품위 있고 멋있지만 스텔라 외의 다른 사람들에게는 왈왈왈~ 까칠한 걸 다 알고 있어. 우리가 스텔라의 도움을 필요로 하는 것처럼 너도 아까처럼 눈에 무언가 들어가서 찝찝하면 스텔라의 손길이 필요하잖아.

정말 다 알고 있었구나^^

그저께 수박을 사 오셨던 그레이스 소영 이모의 마음
만큼이나 수박이 달고 맛있다.
엄마는 베이킹 소다를 묻힌 수세미로 수박을 여러 번
씻으신다.
그런 다음 겉껍질을 얇게 제거한 후 하얀 속껍질은
썰어서 통에 담아 두었다가 주스를 만들어 주시고
빨간 속은 먹기 좋게 잘라서 주신다.
수박을 먹을 때 혹시나 내가 수박씨를 먹을까 봐 아
빠와 형아 것보다 더 신경을 쓰신다.

또한 정원에서 일하시는 엄마를 따라다니다 갈증이
느껴질라 하면 이미 알고 시원한 물을 챙겨 주시며
말씀하신다.

지금 이 순간 너에게 물을 주는 것보다 더 중요한 건
없단다.
담덕. 천천히 마시렴♡

2023 6 30 오전 8시 30분

엄마의 휴가 기간 내내 장맛비가 내렸다.

매달 27일부터 말일까지 가지는 엄마의 휴가 기간이 6월에는 온통 평일이라, 평일 날 바쁘게 일하시는 아빠와 같이 여행을 가거나 많은 시간을 보낼 수 없었다.

히히, 사실 엄마는 비 내리는 날 담덕이와 뒹구는 오붓한 휴가를 더 좋아하신 단다.

당신은 참 재미없는 사람이야.

아빠가 가끔 엄마에게 하시는 말씀이다.

엄마가 밖에서 활동하는 걸 좋아하시지 않고 늘 집 안에서만 혼자 잘 놀기 때문이 란다.

나는 아빠의 그 말씀이, 당신은 참 기특한 사람이야, 로 들린다.

새벽부터 창밖을 열 번도 더 넘게 확인하시더니 어느 순간 엄마가 말씀하셨다.

담덕. 지금이야. 빗줄기가 가늘어졌어. 응가하러 가자.

그렇게 우린 아빠와 큰형아가 곤히 꿈나라에 있는 시간에 나와서 약간의 비를 맞으며 응가를 하고 온실에 갔다.
엄마가 온실 안의 풀을 뽑는 동안 나는 통통해진 토마토를 흐뭇하게 바라보고 있었다.
사실 나는 고기보다 토마토를 더 좋아한다ㅎㅎ

흡족하게 온실을 정리하고 비에 젖어 촉촉해진 정원을 둘러보니 장미는 흐림 속에서 더 매혹적으로 보이고 벨가못의 향은 더 깊게 와닿았다.

당신은 참 재미없는 사람이야.
이런 날은 내 옆에서 같이 늦잠을 자면 좀 좋을까…
아빠가 또 나의 엄마에게 그러시네^^

2023

7월

햇살 아래
수국이 환한 날

장마의 습기에 라벤더는 지쳐 있었고
세이지와 딜, 바질도 축 처져 있었다.
잡초들만 의기양양해 있으니 이른 아침부터 엄마가 긴 장화를 신고 시트로넬라로
만든 모기 기피제를 뿌리시더니 호미를 잡으셨다.

어마무시 많은 잡초들을 장독대 옆에서 뽑는
엄마 앞에 차콜이 숨은그림찾기 하듯 숨어 있
었다.
엄마가 차콜에게,

어머나 차콜.
너의 노란색 눈은 꽃 속에서도 빛나는구나.
담덕이가 너 여기 있는 거 다 알면서 피해 주는 거란다.

노란 눈을 가진 세련된 고양이 차콜은 참 귀엽다.
그런데 나만 보면 도망가 버리기에 멀찍이 떨어진 수국 뒤편에서 멧돼지가 산책
나올지도 모를 뒷산을 보며 모른 체해 주고 있었던 것이다.

차콜.
나를 만나면 도망가지 않아도 돼.

두려움 속에서 떠오르는 생각들은 너의 시야를 가릴 수 있단다.

나는 네가 무척 귀엽거든.

바질과 토마토를 수확하시던 엄마가 나를 보더니,

로즈마리랑 놀다 왔구나, 담덕.

네가 담아 온 로즈마리 향에 무더운 여름이 청량해지는 걸^^

부스스 겨우 일어난 큰형아는 토마토 카프리제를 먹으며,

네가 움직일 때마다 털 사이사이로 로즈마리 향이 가득해.

완전 늦게 일어나신 아빠는 카프리제에 바질을 듬뿍 올린 후

보리밥이 붙은 감자와 같이 드시며,

우리 늦둥이 로즈마리라고 불러 줄까?

로즈마리 담덕♡

그래서 나는 오늘, 로즈마리 삽살개가 되었다.

라벤더 옆에서 황홀하게 핀

글라디올러스를 가까이에서 보고 싶었다.

무리하게 다가가다가 앗~ 그만 꽃을 밟아 버리고

말았다.

나는 얼른 사과했다.

아이쿠. 미안해.

너의 아름다움에 반해서 서두르다가 그만 실수를 해

버렸네.

담덕이가 더 조심할게.

내가 당황해하고 있으니 엄마가 꽃병에

시원한 물을 담아 꺾어진 글라디올러스를 꽂으셨다.

하아~~

테이블 위에 두고 보아도 황홀하다.

분명 화려하지만 결코 사치스럽지 않은 꽃이다.

예쁘고 발랄한 10살 송원이가 왔다. 엄마는 11살에 송원이 엄마의 고모가 되었고 10년 전에 송원이의 고모할머니가 되셨다.

송원이는 우리 집에 오면 항상 큰형아부터 찾는다. 몇 년 전에도 큰형아만 좋아라 했고 지난달에 왔을 때에도 큰형아 옆에만 바짝 붙어 있었다.

아빠를 보더니, 고모할아버지~ 하며 달려가 와락 끌어안던 송원이가 큰형아가 여행 가고 없다는 걸 알게 되자 무척 서운해했다. 그래서 내가 대신 송원이 옆에 앉아 놀아 주고 친구가 되어 주었더니 송원이가 이렇게 말했다. 담덕이는 참 착하고 귀여워^^

에구에구에구~~
너보다 한 해 먼저 태어난 내 눈엔 네가 더 귀여운 걸ㅎㅎ

엄마는 오이를 따서 냉국을 만든 후

시원하게 드시려고 냉장고에 넣어 두셨다.

그러고 나서 장맛비가 오락가락하는 틈새 잡초를 뽑고 계신다.

내가 지켜보고 있으니 무서웠던지

대나무 숲에 있던 서든리가 아주 조심스럽게 밥을 먹으러 왔다.

이후 용감한 차콜은 씩씩하게 밥을 먹고 있다.

나는 야로우와 친구 한다.

너희들이 얼마나 예쁜지 아니?

너희들 덕에 나는 오늘 야로우 왕자님, 담덕이란다.

두두두두두.
장대비가 쏟아졌다.
천둥과 번개까지 쾅쾅.

갑자기 대나무가 기울어지니 무서워서 나는 얼른 아빠 방 책상 아래로 일단 숨어
버렸다.

우산꽂이로 사용하던 화분에 금이 생겨 아빠가 함석으로 우산꽂이를 만들어 주
셨다.

종이 테이프에 우산 그림을 그려서 붙이시던 엄마가 작은형아의 전화를 받고 싱글
벙글~~
작은형아가 두 달 전쯤 큰 상을 받은 데 이어 이번에는 더 의미 있는 큰 표창장을
받았다 한다.

아빠가 좋아하시는 회에 엄마가 부친 배추전으로 빗소리를 들으며 와인을 곁들인
작은 파티가 펼쳐졌다.
물론 담덕이를 위한 전복도 있고 큰형아를 위한 닭고기도 있다.

늘 가족들이 같이 식사하는 저녁 시간이 참 행복해.

동생을 기특해하며 보듬어 주는 큰형아와 형님이 있어 든든하다는 작은형아의 형
제애가 세상 어떤 보물보다 값지다고 엄마가 말씀하셨다.
멀리 있는 작은형아를 축하하며 짠~~

밤부터 다시 엄청난 폭우가 내릴 거라 하니
흐린 가운데 잠시 얼굴을 내민 햇살이 더 눈부시게
와닿는다.

사과나무에 달린 자그마한 청사과는 7월의 색깔을
담고 있다. 그 사과나무 아래에는 사과가 질투할 만
큼 부드러운 사과 향을 가진 애플민트들이 가득하다.
어느새 도라지꽃도 활짝 피었다.
내가 다가가니 봉선화꽃이 말했다.

담덕.
너의 손톱에 꽃물 들여 줄까? ㅎㅎ
네가 멍멍이라서 스텔라가 곤란해하겠지.
스텔라도 소녀 시절엔 손톱에 우리들의 꽃물을 들이
고 꿈을 꾸었었단다. 우린 누군가의 손톱에 예쁜 꽃
물로 드리워지길 기대하고 있어.

습한 무더위에도 모두모두 방긋방긋~~
얘들아, 잘 견디자.
매일매일 반가워♡

장마가 오기 전 아빠가 수로와 대나무숲 입구의 물길을 점검하고 곳곳을 둘러보셨다.

그럼에도 집 뒤편이 바로 산이다 보니 산사태를 염려하시는 분들의 고마운 전화가 오면, 엄마는 대나무 숲을 향해 소리치신다.

대나무들아~~
너희들의 뿌리로 땅속 깊이깊이 안전 지지대를 연결해 주어 고마워.
너희들 덕에 안전하구나^^

계속해서 비가 내리니 잡초들이 숲을 만들 것 같다.
다행히 꺼비씨(우리들의 두꺼비)는 창고 옆에서 안전하게 있었다. 비가 그치면 잔디도 깎아야 되고 울타리도 다시 세우고 미끄러워진 바닥 청소도 해야 한다.

로즈릴리는 세찬 빗줄기에 누워 버렸다.
꽃을 꺾어 와 엄마가 지난밤에 아빠와 마신 와인병에 꽂으셨다. 이만큼 견뎌 준 것도 대견한 로즈릴리다.
사랑받았던 기억들을 나에게 전해 주며, 와인 향이 남아 있는 와인병에서 로즈릴리가 환히 웃었다.

어제와 다른 오늘에 미소가 번진다.

우리 집 좌우로 있는 동화사 쪽 다리와 파계사쪽 다리에 곧 물이 넘칠 것 같았던 어제가 지나가고 해님이 살며시 나오더니 금세 매미 소리가 요란하다.

장맛비가 그친 후 손봐야 할 곳이 한두 곳이겠는가.

이른 아침부터 엄마는 서두르셨다.

떠내려온 깔비들이 뭉쳐져 막혀 버린 물길을 터 주면서 눈길 가는 곳마다 보이는 잡초들을 뽑으면서 지나치셨다.

청보라색 잉글리시 라벤더를 에워싸고 숨통 막히게 했던 잡초들을 단번에 해결하신 후, 축축한 땅에서 공을 갖고 노느라 엉망이 되어 버린 나의 발을 보더니 어이없는 웃음을 지으시며 말씀하셨다.

담덕.

토마토 보러 가자.

폭우 속에서도 잘 여문 토마토가 참 예쁘단다.

제일 큰 토마토는 아빠 거, 그다음 엄마 거, 그다음 형아 거,

나는 방울토마토 세 알.

방울토마토는 그대로 삼켜 버릴 수 있기에 칼집을 넣어 씹기 편하게 벌려 주셨다.

장마 속 폭우에 다들 무탈하셨으면 좋겠다.

묶여 있어서 사고를 당하는 안타까운 동물들이 없길 바라고 또 바란다.

살금살금 다가가도 후다닥 날아가 버리고
힘껏 뛰어가도 놀라서 도망가 버리는 새들은
덩치 큰 나를 무서워하는 것 같다.
친구가 되고 싶었던 건데…

산으로 날아가 버린 새들을 멍하니 바라보고 있으니
오레가노가 말해 주었다.

우리들을 밟지 않으려고 조심조심 다니는
담덕이의 마음을 우린 잘 알지.
한곳에 머무르며 너를 오래 보았으니까.
그렇지만 새들은 다르단다.
이곳저곳을 날아다니느라 너를 찬찬히 볼 수 없었을 거야.
새들이 다가오면 우리가 알려 줄게.
담덕이는 생명을 존중할 줄 아는 바르고 착한 삽사리라고♡

아빠가 엄마를 위해 새로운 차를 선물해 주셨는데 엄마가 미소를 띤 채 부드럽게 거절하셨다.

담덕이와 함께한 시간들이 가득한 지금의 차를 바꾸고 싶지 않아요.
차에 이상이 있는 것도 아니니 담덕이의 손톱, 발톱 자국이 예술 작품으로 남아 있고 곳곳에 담덕이의 털이 숨어 있는 소중한 차를 그대로 타겠어요.

그래서 아빠가 엄마를 위해 준비한 새로운 차는 큰형아가 타고, 큰형아가 타던 차는 작은형아가 타게 되었다.

나의 자국이 가득한 그 차를 타고 매달 정한 엄마의 휴가 기간에는 꼭 나와 둘만의 나들이를 가기로 하셨단다.
아마 나의 나이가 점점 많아지니 그리하고 싶으셨을 거다.
낮잠을 자다가 일어나려면 비틀거릴 때가 있고 때로는 공놀이도 하고 싶지 않은 나에 대해 엄마는 다

아시는 거다.

엄마와 담덕이의 여행이야.

아니 소풍. 그래 소풍.

가볍게 둘이 어디든 다녀오자.

답답하고 무거운 생각들을 날려 버리고 돌아오는 거야.

너와 함께라면 가능하단다.

우리가 '햇살빨래'라고 부르는 곳은 야외에 빨래를 널어 말리는 곳인데 요즈음은 두세 시간이면 웬만큼 두꺼운 이불도 다 마른다.

장마가 지나간 후 눅눅해진 이불들을 말리느라 엄마는 신이 났다.

탈수를 하지 않고 물이 뚝뚝 떨어지는 이불을 널 때도 있다.

그럴 때면 그 아래에서 가을을 기다리는 국화가 떨어지는 물을 달가워한다.

오래전 아빠가 한참 동안 편찮으셨을 때, 엄마가 기다리는 크리스마스에는 다 나으셨으면 좋겠다는 생각을 하시며 이불 밖으로 나온 아빠의 발에 빨간 양말을 신겨 주셨단다. 그때부터 아빠는 줄곧 빨간 양말을 신으시고 그 덕에 나도 빨간 양말을 신게 되었다.

아빠가 안쪽에 신으시는 발가락 양말 두 개와

바깥쪽에 신으시는 빨간 양말 두 개.

나는 손에 두 개, 발에 두 개.

그래서 나도 아빠도 네 개씩.

엄마가 손빨래한 나의 빨간 양말들을 널며 말씀하셨다.

우리 담덕이의 양말들아.

햇볕에 잘 말라서 담덕이가 신고 건강하게 다니도록 해 주렴.

ㅎㅎ 나도 옹달샘 언어로 말한다.

아빠의 양말들도 햇볕에 잘 말라서 신고

건강하게 다니시도록 해 주세요.

햇살 아래 수국이 환한 날이다.

아무리 더워도 수국의 웃음처럼 밝게 살아야지.

옹달샘 언어가 들리나요? :담덕이의 일기

가족들은 여러 곳을 여행하고 싶을 텐데 커다란 멍멍이 담덕이를 위해 많이 포기하신다.

나는 어딜 가든 우리 집이 제일 편하고 시원하다. 게다가 더운 날 나가면 개고생이란 걸 잘 아는 나이가 되어 버렸다.

에어컨의 바람이 얼굴의 털을 간지럽혀 돌아누웠더니 아빠가 바람이 나오지 않는 에어컨으로 교체해 주셨다.

내가 오기 전에는 한여름에도 에어컨을 거의 사용하지 않았다고 한다.

털북숭이인 나는 중복과 말복 사이의 땡볕 더위를 견디기가 너무 힘들다. 가족들은 그런 나를 배려해서 밤에 데리고 나간다.

어제는 휴가를 시작한 큰형아가 경주 보문호수에서 밤 산책을 시켜 주었다.

엄마는 해 뜨기 전 새벽에 정원에서 산책을 시켜 주신 후 정원 일을 하시는데 그동안 나는 느티나무 그늘 아래 마련해 주신 모기장 안에서 엄마를 바라보며 기다린다.

이렇게 덥고 습할 땐 페퍼민트 향을 찾게 된다.

엄마도 나도 민트 향을 맡으며 지친 몸과 마음을 가다듬는다.

며칠 전 보리굴비를 먹으러 갔다가 반려견 캠핑장이 있는 맞은편이 궁금해 골목으로 들어갔더니 모퉁이를 돌아 나오는 오른편 집 입구에 강아지가 더위에 지쳐 있었다.
풀이 울타리보다 높게 자란 좁은 곳에서 벌레 때문인지 강아지는 햇볕에 뜨거워진 돌 위에 힘겹게 올라가 있었다.

인녕, 이라고 인사하기도 미안해지는 상황에 아빠는 얼른 차의 창문을 올려 버리셨고 엄마는 무척 안타까워하셨다.
바로 옆 캠핑장에서 들려오는 강아지들의 소리를 들으며 얘는 어떠했을까?

며칠을 고민하고 망설이시다가 도저히 안 되겠던지 엄마가 통에 얼음을 담고 간식과 호미를 챙긴 후 슬그머니 나가서 차에 시동을 거셨다.

며칠 전 경주에서 저녁을 먹을 때에도 산책 중에 만난 새끼 고양이를 위해 라한 뷔페의 냅킨에 소고기 두 조각을 담으셨다.
오늘 아침에는 꺼비씨(두꺼비)를 만났고 어제는 떠돌이 강아지가 우리 집을 다녀갔다.
우린 사연이 있는 강아지들을 위해 낱개 포장된 간식을 늘 준비해 두고 차에도 가지고 다닌다.

우리가 사는 곳은 도심 속의 정원이 아니라 산과 맞닿은 정원이기에 일이 무척 많다.

그 덕에 부지런히 정리해야 되는 전원생활이지만 또 그 덕에 자연의 마음을 느끼며 아픔과 슬픔, 감사함을 깊이 공감할 수 있다.

가슴이 먹먹해지는 동물들을 만나면 엄마가 말씀하신다.

우리가 배고프면 쟤들도 배가 고프고, 우리가 목마르면 쟤들도 목이 말라.

우리가 더워서 힘이 들면 쟤들도 더워서 힘들다는 걸 사람들은 가슴으로 받아들여야 해.

사람들의 이기적인 욕심으로 슬픔 속에서 살게 되는 생명이 없는지 살펴보아야 해.

읽지도 않을 책을 사서 책장에 장식해 두는 것처럼 동물들을 대해서는 안 되거든.

너의 웃음은
라벤더를 닮았단다

무더운 여름밤에 모여 왁자지껄 떠들며 웃으셨다.

6시에는, 이제 시원해지네.

9시가 되니, 우후후^^ 바람이 시원해.

11시가 넘으니, 아~ 좋다.

팔공산 담덕이네 집에서 그렇게 여름밤의 시간을 같이하셨다.

왈왈왈~ 하는 나를 엄마가 타이르시자,

우리가 괜찮으면 돼요.

라고 말하던 여덟 살 제준이.

그 제준이가 치킨을 어찌나 맛있게 먹던지 참을 수가 없던 나는 제준이에게 다가가 애처로운 표정을 지어 보였다.

준비된 음악 없이 가득한 매미 소리에, 윙윙거리는 모깃소리가 주위를 가끔 긴장시켰지만 모기쯤이야 하는 분위기ㅋㅋ

거기에 커다란 수다가 더해져 자연 속에서 거슬리지 않는 흥겨움이 한바탕 펼쳐졌다.

자정이 다 되어 각자 집으로 돌아가시는 뒷모습에 뜨거운 여름을 달래는 여유가 배어 있었다.

더워서 힘든 산책 대신, 엄마가 새벽녘에 창문을 열고 팔공산 둘레를 드라이브해 주시면 8월의 한낮을 보내는 게 수월해진다.

우리 집을 출발해서 부인사를 스치고 동화사를 지나 갓바위 아래에서 차를 돌려 (때로는 은혜사까지) 오노라면 습한 무더위 속에서도 마음속에 기쁨이 솟아오른다. 어느 날은 파계사 방향으로 가산산성과 한티성지를 지나 제2석굴암까지 다녀온다.

아빠가 늦잠을 주무시는 토요일이라 아침 시간이 여유로우신지 형아는 양파를 가득 넣은 닭가슴살을 구워 주시고 나는 소고기에 토마토와 생모차렐라 치즈를 섞어 주셨다.

담덕.
무척 덥지?
그래도 이 여름 덕에 가을의 은혜로운 사랑을 풍성
하게 받을 수 있단다. 미워할 수 없는 8월을 예뻐
하자.

불볕더위가 이어져 무척 힘든 여름이 절정일 때 가을
이 보이는 것 같다.

백일홍이 예쁜 오늘은 아빠의 생일이다.

아빠는 8월 8일날 태어나신 걸까?

아무도 모른다.

아빠의 기억 속 생일은 한여름이었던 것 같았다 하시니.

8월 8일은 엄마가 만들어 주신 아빠의 생일이다.

팔팔한 날, 건강하게 사시라고.

참 고마운 아빠.

며칠 전에는 높은 차에 오르내릴 때

내 관절에 무리가 생길까 봐

나무로 받침대를 만들어 주셨지.

요즈음 산책할 때는 내가 더워할까 봐

충전된 선풍기를 들고 앞장서 주시고

모기가 날아들면 부채로 쫓아 주시지.

별명이 '슈렉 아저씨'인 아빠♡

생신 축하드려요^^

태풍 '카눈'이 지나간 아침을 맞는 게 행복했던지
귀여운 차콜이 테라스에 누워 뒹굴고 있다가
나를 보더니 놀란 표정을 지었다.
그 모습이 배트맨을 닮아, 고양이 차콜을
우리는 배트캣bat cat 차콜이라고 부르곤 한다.

꺼비씨(두꺼비)는 물이 고여 있는
네모난 고무통에 들어가 못 나오고 있었다.
우리가 못 봤으면 어떡하려고 이 더운 날 모험을 했냐고…

큰형아는 대문에 붙은 대벌레가 나무 조각인 줄 알고 집으려다가
엄청 놀랐단다. 우리 집은 자연이 제대로 살아 있다는 걸
형아는 나보다 모르는구나ㅋㅋ

태풍에 지친 수국에게 다가가 아침 인사를 하고 있으니
나의 웃음이 수국을 닮았다고 엄마가 그러시네.

나이가 드니 더 자주 물을 마시고 싶어진다.

집 안에서 사용하는 커다란 하트 모양의 물그릇을 좋아하는데 나는 색맹이라 분홍색을 잘 모른다.

그런 나를 위해 엄마가 세상의 색깔들을 섬세하게 표현해 주시면 나는 마음으로 다양한 색깔들을 만날 수 있다.

분홍은 행복을 꿈꾸는 색이라고 알려 주셨다.

테라스에서 사용하는 작은 타원형 물그릇은 하얀색에 테두리에는 꽃 그림이 둘러져 있고 바닥에는 밀짚모자에 원피스를 입은 소녀가 있다. 바깥면에는 엄마가 좋아하는 의자가 그려져 있다.

언젠가 여기에 물을 담아 주시며 말씀하셨다.

담덕이가 이 의자에서 쉬고 있으면 어여쁜 소녀가 꽃을 가져다줄 것 같아.

하얀색은 아침에 일어난 담덕이의 마음이란다.

여행 갈 때 사용하는 동그란 스텐 물그릇은 돌아가신 할머니가 주신 거다. 엄마가 아기 때 사용하던 것이라 하셨다.
여행 가방에 넣어 다녀도 깨어지지 않아서 아주 편리하다.

산책 중에 갈증이 느껴질라 하면 엄마가 이미 아시고 물을 챙겨 주신다. 맑고 시원한 물에 사랑이 담겨 있다.

그런 엄마에게 나는,
라벤더 같은 편안함을 주는 반려견이었으면 좋겠다.

봄에 큰형아와 씨를 뿌렸던 메리골드가 황금색 꽃으로 폈다.
멀리서 보아도 어찌나 반짝이는지 아침에 제일 먼저 달려가 인사해 주었다.

엄마가 전날 허브를 우려 만들어 둔 모기 퇴치제를 이른 아침 옷에 뿌린 후 정원을
누비며 물을 주는 큰형아가 있어 든든하다.
스프링클러를 곳곳에 틀어 두지만 호스와 물뿌리개로 가까이 다가가 물을 주면 식
물들을 살피며 얘기를 나눌 수 있단다.
땀에 흠뻑 젖어 등에 달라붙은 옷을 입고도 찡그림 없이 일하던 형아가 나를 보더
니 웃는다.
도도한 장미에게 물을 줄 때 목이 말랐던 나도 그 물을 같이 마셨다.

말복이 지나고 나니 매미 소리가 약해지고 잠자리가 많이 보인다.
아침저녁으로 부는 바람의 움직임도 달라졌다.
바람도 여름이 힘들었던 거야.

이제 곧 시원한 가을이 오면 형아랑 여유 있게
산책을 즐겨야지.

2023 8 17 오후 2시

장미 앞에서 멈춤 하며
바라보는 간격의 열 배쯤 늘어난 거리에서,
차콜이 나를 바라본다.

아빠가 나를 위해 만들어 준 놀이터에
차콜의 냄새가 가득하다.
미끄럼틀을 타고 노는 걸 본 적도 있지만,
굳이 방해하지 않는다.

(위엄을 드러낼 수 있지만) 나는, 괜찮다.
(뾰족한 가시가 있는) 장미가, 괜찮은 것처럼.
(이빨을 드러내지 않는) 나는, 차콜이 예쁘다.
(숨기고 싶은 가시를 가진) 장미가, 나를 예쁘다 하는 것처럼.

92

우리들이 좋아하는 경주로 이사하신 김양희 이모님 댁에 다녀왔다.
이모와 엄마는 19살의 나이 차가 나지만 삶의 기쁨과 슬픔을 같이 나누는 친한 친구이다.

신발을 신고 갔다가 현관에서 벗고 실내로 들어갔더니 이모가 나를 보고 '단발머리가 예쁜 우리 담덕이'는 예의바르고 깔끔하기도 하지, 라며 엄청 반겨 주셨다.

아빠를 위해 맛있는 부추피자를 만들어 주시고, 나를 위해서는 쌀가루로 반죽해 오븐에 구운 과자를 만들어 두셨는데 얼마나 맛있던지 이모와 엄마가 수다를 떠는 동안 아빠와 나는 먹고 또 먹었다.
엄마와 이모는 [평화가 깃든 밥상] 마스터 과정을 했었기에 채식 위주의 자연 요리를 하시며 품위 있게 사시는 이모를 만나면 늘 즐거운 얘기가 넘친다.

집으로 돌아와 엄마는 이모가 손바느질로 만들어 주신 치마를 펼쳐 놓고 좋아라 하시고 나는 아까 먹었던 과자가 또 생각나 엄마 눈치를 살피고 있다.
이모가 넉넉히 만들어 챙겨 주신 걸 흐뭇하게 보았기 때문이다.

올해는 늦더위가 오래 지속된다.

엄마가 멕시칸 세이지 사이로 잡초들을 뽑으시는 동안 옆에서 기다리려니 더워에 힘들어, 바람이 지나가는 곳을 찾아다녔다.

예쁜 서든리도 더웠던지 대나무 숲에서 꼼짝 않고 나를 지켜보고 있었다. 차콜은 대나무숲 경계의 담 장에서 행복하게 자고 있었다.

귀여운 차콜.

그 높은 곳에 언제 올라갔다니?

덥지도 않은가 봐ㅎㅎ

키가 커지면 잘 누워 버리는 멕시칸 세이지를 위해 봄에 따로 공간을 만들어 주면 서, 행여 외로울까 봐 체리 세이지와 가든 세이지와 삼각형 모양으로 이웃하게 해 주었다.

세이지들 주변에는 레몬밤과 딜, 야로우, 오레가노가 있다.

여름날 아침이면 양동이 하나 가득 넘칠 만큼 땀을 흘리시는 엄마의 수고 덕분에 다들 잘 자랐다.

2023 8 24 오후 4시 30분

올여름은 참 힘들었다.

무더위에 모기도 많았다

그래서 지금 내리는 비가 차분하니, 참 좋다.

엄마는 요즈음 자주~ 지그시 나를 바라보다, 꼬옥 끌어안는다.

그냥 한참을 안는다.

맞닿은 엄마의 가슴에서

행복 4, 평화로움 3에 섞인 잔잔한 슬픔 3을 느낄 수 있다.

담덕♡

언제 이렇게 열한 살이 되었다니?

우리 나중에

Fly me to the moon 하자

Let me play among the stars 하자

In other words, I love you

2023 8 27 오후 3시 30분

가을을 마중하는 비가 내린다.
빗속에서 엄마가 혼잣말을 하셨다.

부끄러움을 알면서 무시해 버리는 사람의 가슴에
이 빗방울이 뉘우침으로 닿으면 좋겠어…

앨리와 그레이스,
라일락 열두 자매,
자작나무 오 형제,
느티나무 삼총사,
장독대 옆 소나무와
살구나무 어르신들,
꽝꽝나무와 수국 아씨들,
대나무 숲의 친구들과 홍홍 여사님 그리고
서든리와 차콜, 꺼비씨,
정원의 새들, 뒷산의 멧돼지와
산책 중에 만나는 바람이 전하는 말을
엄마는 잘 알아들으신다.

옹달샘 언어가 들리나요? :담덕이의 일기

진실 앞에서 자신의 거짓을 인정하지 않으려
되레 큰 소리를 내며 엉뚱한 행동을 하는
사람의 말은 못 알아들으시겠단다.
그럴 때면 [시네마 천국] 영화를 보시며
엔리오 모리꼬네의 음악을 들으신다.

엄마 가까이에 누워 같이 음악을 듣는다.
가만히, 그렇게 하고 싶었다.

엄마의 8월 휴가 기간 내내 비가 내린다.

밖에서 응가를 하는 나는 비가 많이 내리면 곤란해진다.

엄마가 창밖을 여러 번 내다보며 확인하시다가 빗줄기가 가늘어졌다 싶으면 나를 데리고 나가신다.

비에 많이 젖을까 봐 형아들이 입던 티셔츠를 입고 나간다.

응가를 하고 나니 병원에 접종하러 갈 거라 든든히 먹고 오전에 푹 쉬어야 한다고 알려 주셨다.

병원에 갈 때면 차 안에 라벤더 오일을 떨어뜨려 주시고 모차르트의 자장가를 틀어 주신다.

내가 긴장할까 봐 편안하게 해 주려고 배려해 주시는 거다.

사실 나는 주사 한두 방쯤이야 아무렇지도 않게 잘 맞는데, 라벤더 향을 좋아해서 즐기는 편이다.

예방 접종하러 병원에 가는 건 그냥 나들이 같다.

몸무게가 2kg 준 데다 다리 근육도 탄탄하다고 원장님이 칭찬해 주셨다.

아침마다 엄마랑 부인사 쪽으로 산책을 열심히 한 덕분인 것 같다.

예의 바르게 행동 잘한다고 간호사 이모도 칭찬해 주셨다.

다른 친구들도 잠깐 만났다.

집에 돌아오니 잠깐 비가 그쳐서 정원에 나갈 수 있었다.

어라~~

초여름에 피었던 소프워트가 이 비에 다시 피어나고 있다.

빗방울을 머금고 있는 모습이 또 싱그럽다.

차콜과 서든리에게 밥을 주시면서 무더운 여름날 견디느라 애썼다고,이제 가을이 펼쳐진다고 다독여 주셨다.

고양이들이 나를 무서워하니까 내가 피해 주어야 밥을 편하게 먹을 수 있다.

엄마가 야옹이들에게 무어라고 얘기하시는 게 궁금해서 달문(달이 잘 보이는 문) 현관 앞에서 지켜보고 있었다.

주사를 두 방 맞았다고 아빠가 저녁에 고기를 구워 주신단다.

맛있게 먹고 밤에 열나지 않고 잘 자면 내일은 비가 와도 산책하고 목욕하자고 엄마가 약속하셨다.

ㅎㅎ 나는 산책 후 시원하게 목욕하는 것을 굉장히 좋아한다.

소소한 행복으로
와닿는 순간순간들

구름을 좋아하는 엄마는 하늘의 구름이 그리는

그림에 대해 매일 나에게 설명을 해 주신다.

코스모스가 피어나는 정원에서 나도

하늘을 향해 고개를 들고 구름을 보았다.

오늘은 르네 마그리트의 그림 같아.

해변 위에 떠 있는 커다란 바위 위에 성이 솟아있지.

하울의 움직이는 성이 떠오르지 않니?

고추잠자리가 날아다니는 그림이네.

노래를 불러 줄게, 담덕.

잠자리 날아다니다

장다리꽃에 앉았다.

살금살금 담덕이가

잡다가 놓쳐 버렸다

짖다가 날려 버렸다.

지하 세계의 왕 하데스가

식물의 여왕 페르세포네를 납치하려는 그림이야.

페르세포네가 어머니 데메테르와 지내는

6개월인, 봄과 여름이 이제 끝났구나.

페르세포네가 하데스와 지내야 하는,

가을과 겨울의 6개월이 시작되었지.

나에게 구름은, 매일 새롭고 흥미진진한 작품이다.

2023 9 4 오전 11시 35분

엄마가 좋아하는 바람을 나도 좋아한다.

미지의 설렘을 전해 주는 바람은

겨울에도 시원하게 느껴지거든.

엄마가 좋아하는 구름을 나도 좋아하게 되었다.

엄마를 따라 매일 새롭게 펼쳐지는

구름 그림을 보다가 나도 좋아하게 되었지.

사랑하면 따라쟁이가 되나 봐.

나는 엄마를 사랑해.

그래서 엄마가 사랑하는 9월을 나도 많이많이 사랑해.

9월은 담덕이를 사랑해.

그래서 담덕이가 사랑하는 엄마를 9월도 많이많이 사랑해.

옹달샘 언어가 들리나요? :담덕이의 일기

유리로 덮여 있는 티하우스 지붕 위에서 차콜이, 산책 후 씻고 있는 나를 멍하니 보고 있었다.

외로운 걸까?

집 안에서 같이 살고 싶은 걸까?

나도 어젯밤에는 주말에 다녀간 작은형아가 많이 보고 싶어 멍하니 엎드려 있었는데.

꺼비씨는 9월의 낮이 더웠던지 물이 고여 있는 수로에서 손으로 철망을 잡고 서 있었다.

이제 가을바람이 진해지면 어디론가 쉬러 가겠지.

잔잔한 그리움은 레몬버베나 향으로 달랠 수 있다.

아기 때부터 나는 줄곧 레몬버베나를 즐겼다.

아빠가 술을 드시고 엄마가 유재하 노래를 들으며 멈춤 하시는 것과 같다.

부드러운 레몬 향이 가득한 레몬버베나를 먹으면 기분이 좋아진다. 맛있다.

아빠가 드시는 술도 이렇게 맛있을까? 기분이 좋아질까?

아빠의 건강을 염려하시는 엄마가 소주나 와인에 로즈마리나 버베나를 섞어 허브

술을 만들어 드리기도 한다.

아빠가 술을 적당히만 좋아하시면 엄마가 무서운

도깨비처럼 변하지는 않을 텐데…

가을밤에 찾아오는 그리움은 안아 주어야 한다.

그런 순간들이 있어 우리가 더 아름다워지고 짙은 그리움들이 우리를 더 성숙하게

만든다는 걸 아는 나이가 되었으니~~

소소한 행복으로 와닿는 9월의 순간순간들을 사랑한다.

뽀송뽀송하게 마른 빨래를 걷으시다

높고 맑은 하늘을 쳐다보며 엄마가 말씀하셨다.

담덕.

수건에서 뽀드득^^ 햇빛 냄새가 나.

체리 세이지, 안녕?

버베나도 또, 안녕?

나는 맘마 먹으러 갈 거야.

양푼에 야채들을 가득 넣고 달걀프라이까지

넉넉하게 올린 후 쓱쓱 비빈 비빔밥을 무척 좋아한다.

모든 재료에 간을 전혀 하지 않고 비벼서

내 것을 먼저 덜어 주신 후
참기름과 고추장 조금, 통깨를 섞어 다시 살짝 비빈다.

아~ 정말 꿀맛이다.
무, 당근, 호박, 콩나물이 입에서 살살 녹는다.
잘 익은 열무 물김치와 드시는 아빠도 맛있다 하시고
큰형아는 벌써 두 그릇을 비웠다.

앨리와 그레이스를 스치고 들어온 9월의 바람이
거실에서 빙글빙글 춤을 추다가 활짝 열어 놓은 창문으로
휘리리~~ 대나무 숲을 향해 날아간다.

내일 예쁜 이모야들이 놀러 온다고 엄마가 정원 정리에 신경을 쓰셨다.
이리 보아도 저리 보아도 깔끔하다.

이 넓은 곳을 관리하시느라 엄마의 손은 두껍다.
오므리고 있으면 잘 모르는데 손등을 위로 해서 손을 펼치면 곱게 보호한 손이 아
니란 걸 알 수 있다. 부지런함이 더해진 깔끔함에 이제야 덜어 낸 열정이 굵은 마
디마디에 스며들어 있다.

해 질 무렵 정원을 한 바퀴 둘러보시다가, 절벽 너머로 보이는 붉은 노을 앞에서 멈
춤 하셨다.

담덕. 엄마는 말이야…
저 노을처럼 뜨겁게 사랑하며 살았던 삶의 순간들이 옅어지는 걸 받아들이고
있어.

다행인 건, 그 시간들이 부드럽게 희석되어 따뜻하게 간직할 수 있다는 거야.

설렘이 없는 날은 삭제할 거야.

어쩌면 아빠가 무서워하는 엄마의 갱년기인지도 모르겠다.

정원에 센트 존스 워트가 있잖아.

엄마의 갱년기에 필요한 허브라고 언젠가 아빠가 말씀하셨지.

우후후~~ 나의 함박웃음이면

갱년기 따위는 시원하게 안녕, bye

센트 존스 워트는 사랑스러운 안녕, hi

이른 아침에 정원에 들어설 때면 엄마가 장화를 신은 발로 땅을 쿵쿵 치시며 말씀 하신다.

이제 우리가 지나갈 거니까 너희들은 잠시 비켜 줘야 돼.

너희들은 뱀을 포함한 무서운 녀석들로, 마주치지 말자고 알려 주시는 거다.
근데 요즈음 눈치 없고 골통인 뱀 한 마리가 정원에 나타나는 것 같았다. 갈대 아래와 황금 측백 사이에서 흔적이 느껴졌다.
엄마가 다니실 때마다 나는 신경이 쓰이는데 아무것도 모르는 엄마는 오늘도 하늘의 구름을 보며 어제 다녀가신 이모들 얘기를 즐겁게 해 주셨다.

기쁨을 얘기하면 질투와 시기로 받아들이는 사람이 있단다. 근데 비비 이모는 같이 기뻐해 주는 사람이야. 선영 이모가 모자를 들고 손을 흔들 때 빨강머리 앤이 나타난 줄 알았어. 휴대폰이 없는 세상이 더 좋았다잖아. 낭만을 아는 거지.
도예가이신 이경옥 이모는 가슴에 Red를 품고 사시는 분이야. 뜨개 두건을 쓰신 그분의 모습은 그대로 그분의 도예 작품이더구나.

엄마가 계속 구름을 보며 갈대 옆을 지나시기에 달려가 짖었다.

담덕, 왜?

하며 엄마가 돌아보시다가 헐… 그제야 잔디 위에서 비닐 같은 뱀의 허물을 발견하셨다.

엄마는 몹시 놀란 듯했지만 차분하게 나를 쓰다듬고는 안아 주셨다.

담덕, 네가 있어 참 든든해.

우리의 규칙을 모르는 뱀이 있다고 알려 주었던 거구나.

나는 주변에 영역 표시를 마구마구 하며 엄마를 따랐다.

엄마 앞에 뱀이 나타나면 절대 가만두지 않을 거다.

옹달샘 언어가 들리나요? :담덕이의 일기

6시.
찐 고구마와 송편을 엄마와 나누어 먹고
9월의 이른 아침을 걷는다.

하나 둘 셋 넷 다섯 걸음쯤 앞서서 가다가
엄마를 확인하며 기다린 후 다시 걷는다.

나뭇잎 사이로 반짝이는 이 햇살과
군더더기 없는 9월의 이 바람과
9월의 구름에 반한 엄마의 목소리를 저장해 둘 거야.

토마토도 따고
오이도 따고
얘들아, 안녕 안녕 안녕?
감은 언제 이렇게 여물었을까?

낮잠을 자고 일어나면 엄마가 토마토를 주실 것 같아.
나는 오이도 무척 좋아해.

엄마가 오랫동안 사용하셔서 낡은 양철 물뿌리개 안쪽에 벌
들이 집을 지었다.
모르고 건드렸다간 큰일 날 것 같았다.

홍홍 여사님과 오하트디(오디나무) 사이에서 라벤더를 둘러보고 오시는 엄마가 알아
차리실 수 있도록 물뿌리개를 지켜보며 꿈쩍도 않고 있다가 알려 드렸다.

벌들이 담덕이의 정원을 좋아하는구나.
벌들이 사라지는 세상에서는 우리도 살 수 없단다.
당분간 이 물뿌리개를 벌들에게 선물하고 우리가 멀찍이
떨어져서 다니며 조심하자.
얘들아, 잘 지내렴♡

우리 기특한 담덕이~ 하시며 우유에 바나나와 블루베리를 섞어서 갈아 주셨다.
아~ 뿌듯하고 행복한 맛♡

차콜은 배트캣bat cat이 확실하다.
빗속에서도 동에 번쩍, 서에 번쩍 잘도 다닌다.
배트맨을 닮은 귀여운 외모를 하고선
아침에는 그네 위에서 자고 있더니
어느새 그린 게이블즈 지붕 위에 올라가 있다.

푹신한 침대 위에서 빗소리를 들으며
낮잠을 자는 게 더 행복한 나이가 되었지만
나도 그런 시절이 있었는 걸.

9월의 가을비는 오래된 시간들을 풋풋하게
데려와 주네.

흠뻑 내린 비는 우리를 가을 속으로 더 깊이 안내하는 듯하다.

봄에 피었다가 여름 동안 휴식을 취한 데이지가 수돗가 귀퉁이에서 환한 얼굴을 내밀었고 코스모스의 웃음도 훨씬 여유로워졌다.

아무것도 해 준 게 없는데 이리 예쁘게 다시 피어나는 꽃들을 보면 그저 고맙다고 말씀하시는 엄마의 그 마음이 꽃들에게 전해지는 것을 나는 안다.

우리가 차콜을 예뻐했더니 서든리가 차콜을 시샘하는 듯 밥을 먹고도 자리를 비켜 주지 않았다.

ㅎㅎ 서든리가 질투하는구나.

우린 둘 다 예쁜데^^

차콜이 아옹아옹거리며 도움을 요청하기에 결국 엄마가 나를 부르셨다.

내가 나가면 평화로워진다. 서든리는 대나무 숲으로 사라지고 차콜은 잠시 머뭇거리다 와서 밥을 먹는다.

얘들아 얘들아~~^^

봄과 여름에 예뻤던 꽃들을 축하해 주며 기다린 가을 꽃의 넉넉한 웃음을 마음에 담으렴.

새벽에 느닷없이 길 건너편 산에서 개가 짖는 소리가 들렸다.

두 마리 같았다.

나는 알 수 있었다.

불안과 두려움, 배고픔과 슬픔이 가득 찬 소리라는 것을…

산책 전에 엄마가 도로 건너편 산 입구에서 그 애들을 찾으셨다.

멍멍 왈왈 하시다 박수를 치시다 그 애들을 위한 사료와 물을 두고 오셨다.

지난 토요일 아침에 산책할 때 먼 거리에서 우리를 향해 짖었던 하얀 개 두 마리

의 냄새가 건너편 산에서 느껴졌다.

우린 그때 주인이 가까이 있어 풀어 둔 줄 알고 되돌아 왔었는데…

산책하는 내내 혹시 따라오려나 싶어 주위를 둘러보곤 했다.

한가위를 앞두고 벌초하러 사람들이 산으로 올라가면 또 짖는 소리가 들린다.

나의 냄새를 따라 나타나 주렴.

도와주고 싶어.

오늘은 유명한 애견인이셨던 이건희 회장님이 1993
년 9월에 만드신 삼성 안내견 학교가 30년이 되는
날이라고 한다.

기업이 운영하는 세계 유일한 이곳에서 그동안 280
마리가 시각 장애인 곁을 지켰단다.

엄마가 말씀하시길 그분은 우리나라의 진돗개를 전
세계에 널리 알리신 분이라고도 한다.

참 고마운 분이 계셨구나.

대한민국의 멋쟁이셨어요ㅎㅎ

건너편 산에 둔 물과 사료를 두 친구들이 먹고 그저께 밤에 떠난 것 같다. 어제부터 짖는 소리도 들리지 않고 지난밤에 비가 와서 돌로 고정한 우산 아래에 둔 사료는 그대로 있다.

그 한 끼에 따스함이 전해졌을까…

너희들의 모험에 행운이 가득하기를.

밤새 내린 빗줄기가 가늘어진 9월의 아침은 평화롭다.

부드러운 보슬비를 맞으며 9월의 아침을 산책하는 건 축복이다.

겹쳐진 나뭇잎들이 넓고 긴 우산이 되어 주어 고요함 속에서 쉽게 자연과 마음이 연결된다.

산책 후 두두두~ 몸을 털고 씻은 후 아빠가 만들어 주신 당근 미트볼을 맛나게 먹었다.

밖에서 거미줄을 걷으시다 엄마가 애틋하게 혼잣말을 하시네.

거대한 왕국을 만든 이 부지런한 왕거미는 작은 보금자리를 원하는 건너편 그 아이들이 떠나는 모습을 보았겠지…

이렇게 쓰리고 아름다운 가을 따라 이렇게 또 나는 여물어지는구나.

서든리가 새벽부터 와서 기다리고 있었다.
엄마가 일어나시자마자 알려 드렸더니
얼른 서든리의 밥을 챙겨 주셨다.
차콜은 테라스에서 기다리고 있다.

나뭇잎 사이로 보이는 예쁜 하늘과
나뭇잎 뒤에서 해맑은 구름과
나뭇잎을 보석으로 만들어 주는
9월의 아침 햇빛을 사랑해.

야로우 안녕?
구름도 안녕?
새들도 안녕?

2023 9 25 오전 10시

뛰려니 힘겨워 계속 걸어 다녔더니
따뜻한 밀크티처럼 엄마가 말씀하셨다.

담덕♡
이제 하부지야?
엄마도 하무니야.
나도 뛰는 거 잘 못한단다ㅎㅎ
걷다가 쉬고 싶으면 멈춤 하고 하늘을 바라보려무나.

테라스 벤치에 앉아 올려다본 하늘에는
구름이 선물한 진주 목걸이가 그려져 있었다.
흐린 가을 하늘이 웃고 있네.
그 웃음을 얼른 아스타에게 전해 주어야지.

추석 연휴에 여행을 갈 계획이라 오늘 성묘를 다녀왔다.

모시 송편과 아빠의 아버지가 좋아하셨다는 만두, 육전 등을 새벽부터 엄마가 준비하셨다. 해마다 참석했기에 현대공원의 계단을 익숙하게 올라가 산소를 찾을 수 있었다.

성묘 후 뚱뚱해지신 아빠를 위한 산책을 시켜 드렸다.

엄마는 저만치 앞서가시는데 아빠는 계속 뒤처지셔서 중간에서 내가 간격을 조절해야만 했다.

산책 후 엄마는 도톰한 수건만 골라 10장을 푹푹 삶으시더니 여행용 이불을 꺼내셨다.

봄에 영희 이모가 한약재로 염색해서 나를 위해 손수 만들어 주신 노란 이불은 푹신하고 건강한 향이 난다.

세탁하기 쉽도록 속통까지 분리되게 지퍼가 네 군데 달려 있어 수월하게 빨아서 햇볕에 말리시며 엄마가 무척 고마워하셨다.

삶은 수건은 며칠 뒤에 분가하는 큰형아에게 주려고 하시나 보다.

여행용 짐과 형아를 위한 짐이 한가득이라 집이 좁아진 것 같다.

우리가 여행 갈 때면 집을 살펴 주시는 칠이 삼촌에게 야옹이들의 밥을 부탁하시
고 바질 잎과 말린 오레가노, 로즈마리를 줄기째 잘라 여행지에서 먹을 토마토와
고기에 섞으시는 엄마는 할 일이 참 많으시다.

나는 올리브나무와 그 아래에 있는 바질에게 서든리와 차콜을 부탁하며 엄마를
따라다녔다.

2023 9 29 오후 3시

작은형아가 명절에 근무하느라 오지 못해서 아쉬웠는데

어젯밤에 경주의 숙소로 김양희 이모님이 샐러드와 송편을 들고 찾아오셔서 큰형아

가 준비한 저녁을 같이 먹으며 즐거웠다.

엄마가 감탄하시는 오릉의 돌담장을 바라보며 여유 있게 브런치를 즐기고 감포 바

닷가에 와 있다.

바다구나~~

산속에 사는 나는 파도가 신기하다.

다시 경주로 가서 보문호수에서 저녁을 먹고 밤 산책을 할 거라 하시네.

축하해, 한가위야.

고마워, 경주야.

또 올게, 감포야.

사랑해, 가을아.

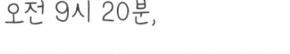
2023 9 30 오후 3시

오전 9시 20분,
앨리와 그레이스에게 와닿는 햇살의 설렘으로.

낮 1시 10분,
구름 그림으로 보여 주는 소소한 기쁨으로.

오후 3시,
나의 엄마를 안아 주는 따스한 바람으로.

버렸던 후회가 떠오른 순간,
충만하게 채워 준 용기로.

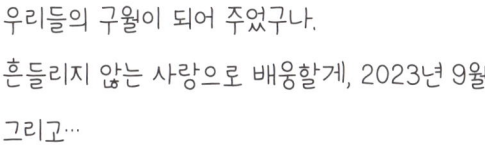

우리들의 구월이 되어 주었구나.
흔들리지 않는 사랑으로 배웅할게, 2023년 9월.
그리고…
또, 열한 달을 기다릴 거야.

시월의 오늘도
사랑옵다

선선해진 시월의 바람이 분다.

엄마가 고양이들의 스텐 그릇을 씻어 햇볕에 말리셨다.

스텐 그릇은 더운 여름에만 사용하고 겨울이 다가오면 덜 차게 느껴지는 플라스틱으로 고체해 주시는 거다.

큰형아는 주차장 지붕 위로 기울어진 대나무들을 아침부터 정리하고 있다.

힘드니까 작은형아가 오면 같이하라고 엄마가 말씀하시자, 명절 때 근무하고 오는 동생 쉬어야 해요, 라며 혼자서 찡그림 없이 쓱쓱쓱쓱 일했다.

그런 큰형아가 대견해서 바라보고 있으니 위험할 수 있다며 멀찌감치 떨어져 있으라네.

그래서 정원을 둘러보기로 했다.

서든리의 냄새는 나지 않고 곳곳에 차콜의 냄새만 풍기는 걸 보니 서든리는 대나무 숲에서 내려오지 않았나 보다.

하늘하늘한 코스모스도 예쁜데 오늘은 벌개미취가 나를 부르고 있었다.

연보라색 예쁜 벌개미취는 가족들이 2004년 '꽃무지 풀무지'에 갔을 때 정원에 대

한 열정이 가득하셨던 대표님이 선물로 주신 걸 가져와 심으신 거란다.

엄마는 이 꽃이 피어나면 그 이후로는 뵌 적 없는 그분께 늘 감사의 기도를 하신다.

어~~ 엄마가 부르시네.

큰형아가 일을 마쳤나 보다.

얘들아^^ 또 만나자.

내일 작은형아가 온대.

그래서 더 즐겁단다.

여유로운 바람, 반짝이는 햇살, 자유로운 나뭇잎들의 춤.

어쩜 이리 아름다울까?

이렇게나 아름다운 오늘일까?

국화와 얘기하고 있는데 작은형아의 초등학교 친구인 승우 형아가 왔다.

활동적이고 운동을 좋아하는 작은형아와 숲속을 홀로 산책하는 승우 형아가 서로를 존중하며 오랜 시간 좋은 친구로 지내는 마음들이 보물 같다.

내면의 소리에 귀 기울이는 진실함이 서로 닿았으리라.

점심 식사를 마친 낮 1시에 앨리와 그레이스 아래에서 큰형아와 작은형아, 승우 형아가 티타임을 가졌다.

큰형아와 승우 형아는 결이 닮았다.

세 청년들의 소중하고 건강한 시간을 가을 하늘이 내려다보며 웃고 있었다.

한가득 찐 밤의 껍질을 깎아 주시느라 손가락이 아팠을 엄마도 흐뭇하게 웃고 있었다.

벌개미취를 심어 보고 싶다는 승우 형아의 말에 정원에서 기분 좋게 벌개미취를 떠서 화분에 담으시며 엄마가 말씀하셨다.

얘들아, 가서 잘 자라고 행복하렴.
자연을 사랑하며 제대로 된 고요를 즐길 줄 아는 귀한 청년에게 너희들을 선물하는 거란다.

낡은 야외 수돗가를 새롭게 단장하는 작업이 이어지고 있다.

이전에는 아빠가 나무로 만드셨는데 이번에는 엄마가 벽돌로 만들어 달라고 하셨다.

그래서 볕이 좋은 시간에 쌓고 바르고 말리고 닦는 과정을 아빠가 틈틈이 하고 계신다.

어제도 해 질 무렵에 비가 올까 봐 비닐을 덮어 두셨다가 잠시 전에 점심을 얼른 드신 후 비닐을 벗겨 내고 둘러보셨다.

아빠가 작업하시는 걸 옆에서 지켜보려니 별로 재미가 없어서 레몬밤을 수확하시는 엄마 곁으로 갔다.

레몬밤 옆에서 코스모스가 왈츠를 추고 있네.

이 순간 나는 코스모스 담덕♡

행복한 가을이랑 친구 할 거야.

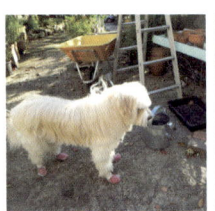

빨간 다알리아는 사랑옵고
분홍색 구절초는 구순한 한글날이다.
사랑옵다, 구순하다…
참 어여쁜 우리말이다.
시월의 오늘도 사랑옵다ㅎㅎ

승시 마지막 날이라 팔공산 도로가 붐비기에
가까이 사는 도타운 이들만 모여
테라스에서 티타임을 가졌는데,
potluck으로 준비해 온 각자 다른 형태의
간식들이 모이니 가을 소풍이 펼쳐지는 듯했다.
시베리안 허스키를 키우시는 호수 이모는
치석 제거에 도움을 준다는 껌을 나에게 선물하
셨다.

서늘한 가을바람이 시원하게 와닿은 건
허물없는 수다가 너무 따뜻했기 때문이었을까?
나의 까칠한 왈왈거림도 여유로운 웃음으로 받아 주시니
살짝 부끄럽고 고마웠다.

가을이 무르익으면서 흐린 날이 많아지고 있지만
그래도 다행인 건 결코 차갑지 않은
따스함이 머무르고 있다는 거다.

그레이스 소영 이모가 가져온 홍시를
맛있게 먹는 나를 물끄러미 바라보시던 엄마가
할머니 생각에 울컥하시는지 호국원에 갈 채비를 하셨다.

가을에 가득한 감은 엄마에게 그리움이겠지.
할머니가 심어 주셨던 감나무 아래에서
라벤더 향을 맡고 있는 나를 부르시네.
꽃을 좋아하셨던 할머니께 드릴 가을꽃을
정원에서 잘라 벌써 차에 가져다 두셨잖아.
그럼 나는 내 털 사이로 라벤더 향을
가득 담아 가야지.

할머니♡
우리 엄마 이제 많이 야물어졌어요.
편안한 라벤더처럼 우리 주위에 머무르시며
수호천사가 되어 주시는 거 다 알아요~~

무엇이든 자연스러워야 조화롭고 그 조화로움을 위해서는 억지가 아닌 존중의 자연스러움이 또 있어야 한다.

대나무숲에 사는 서든리를 위해 나는 그 공간을 침범하지 않는다.
오늘 아침에도 서든리의 냄새가 나는 대나무숲 입구에서 바라보았더니 서든리가 얌전하게 앉아 있었다. 서든리가 나를 무척 무서워하기에 대나무숲 안으로 함부로 들어가거나 위협을 가하지 않는다.

식물들 중에서도 마구마구 번지며 세력을 키워 다른 식물을 숨 막히게 하고 엉망으로 만드는 종류들이 있다.
그럴 때면 엄마가 정원의 조화로움을 위해 가차 없이 정리를 해 버리신다.

지난 7일 팔레스타인 가자 지구의 무장 단체 하마스의 무차별적인 공격으로 이스라엘과의 고전이 이어지면서 민간인 피해가 속출하고 있단다.
지구라는 어머니는, 다양한 자식들이 이념과 종교의 다름을 이해하고 서로 배려해주길 마음 졸이며 기도할 텐데…
[오래된 미래]에 나오는 라다크 여인의 미소로 따뜻한 국밥 한 그릇 나눌 수 있는 마음이면 충분할 그 평화가 참 어렵구나.

아빠는 아빠가 하시는 일을 물려받길 원하셨다.

엄마는 오랫동안 자연 속에서 담은 경험과 지혜를 바탕으로 또 다른 여유로운 삶을 이곳에서 꾸리길 원하고 계신다.

그러하니 큰형아가 흥미를 가지는 일을 준비하면서 얼마나 고민했을지는 짐작이 된다.

무엇보다 자신의 일에 자부심 가득한 아빠를 존중하며 마음을 다치게 해 드리지 않으려 고심하는 모습을 여러 번 보았다.

일이 많아 늘 바쁜 아빠에게 큰형아는 든든한 조력자였으니까.

큰형아가 고1 때 가족이 된 나는 뾰족하고 울퉁불퉁한 감정들을 둥글고 부드럽게 다듬어 나가는 과정들을 지켜보았다.

또한 세상 속에서 부대끼고 울음을 터트리며 단단해지는 모습도.

가까운 곳에 오피스텔을 얻었어요.

아빠가 바쁘신 오후에만 서너 시간 도와드리면 어떨까요?

담덕이의 정원은 최고예요.

이 땅이 스텔라를 원한다는 걸 이젠 느껴요.

엄마가 즐기시며 일하시는 걸 알지만 그래도 삶이 웃는 순간에는 언제든 쉬셔야 해요ㅎㅎ

(나를 안으며) 담덕.

형아가 거의 매일 보러 올 거야.

큰형아가 모은 돈으로 경제적 자립을 했다.

야외 수돗가를 새로 정비하려고 주문한 벽돌은 한가위 때 큰형아가 드린 용돈으로

엄마가 구입한 것이다.

수돗가 공사를 하시는 내내 아빠는 생각이 많아 보였다.

아빠의 도움을 원하지 않는 형아들이 대견하면서도 한편 허전하신 듯했다.

엄마가 주문하신 대로 수도에 나무를 덧대느라 쭈그려 앉아서 마무리하시는 아빠

의 굽은 등 위로 미소 띤 가을 햇살이 마구마구 쏟아지고 있었다.

작은형아가 오면 나의 꼬리는 춤을 춘다.

엄마도 저절로 스마일~~

작은형아랑 같이 산책을 하면 그네를 타는 것 같다.

우리가 걸어갈 동안 형아는 저만치 뛰어갔다가 다시 우리에게로 걸어오는 걸 반복

하니까.

어릴 때에는 형아랑 부인사까지 뛰어갔다가 오기도 했는데 이제는 하부지가 되어

엄마랑 속도를 맞추어 걷는 걸 더 좋아한다.

엄마가 가끔 하시는 말씀처럼, 나이가 슬프다.

물론 온통 나이가 슬픈 건 아니다.

예전에는 몰랐거나 놓쳤던 모습과 소리, 감정들을 더 섬세하고 넉넉하게 풀어낼 수 있는 지금의 모습에 흐뭇할 때가 많으니까.

다른 사람들은 잘 모르는 내 모습의 변화를 엄마는 찬찬히 느끼신다는 걸 알고 있다.

그러니 하부지가 된 나의 모습을 내가 초연하게 받아들이며 행복해하는 걸 아실 것이다.

일이 많고 힘들어 요즘 부쩍 피곤했다는 형아의 말에 엄마가 지난 계절 동안 온 정성으로 재배해서 말린 허브차를 챙겨 주셨다.

페퍼민트와 스피어민트, 애플민트를 엄마만의 비율로 적절히 섞어 만든 스텔라의 민트차에는 귀하고 고급진 향과 맛이 있다.

카페인을 즐기지 않는 형아의 피로를 은은하게 풀어 주렴♡

단풍이 들기 시작하는 정원을 천천히 우리만의 속도로 둘러보다가 살짝 차게 느껴지는 해 질 녘의 바람에 따뜻함을 떠올리며 발걸음을 빨리해 집으로 향한다.

이 모습도 흐뭇하다.

체리 세이지와 가든 세이지, 로즈마리,
레몬 버베나와 레몬밤 등등.
가을볕이 따스한 오후에 허브들의 마지막 수확을 하며
엄마가 고맙고 예쁘다는 인사를 하시네.

책임감 있게 최선을 다한 허브들이
다음 해 봄이 올 때까지 긴장을 풀고 편히 쉬도록
얼른 마무리해 주시려는 거다.

엄마 옷에 스며들어 집 안으로 들어온
그 독특한 향들이 어우러지니
마법의 성으로 연결되는
매혹적인 시간이 곧 펼쳐질 것만 같다.

봄에 피었다가 무더운 여름에는 시원한 땅속으로 숨어 버렸던 데이지가 다시 피어
나고 있다.
식물들로부터 자연스런 색의 어울림을 배운다.

분홍 다알리아는 깊어 가는 가을만큼 겸허해지는 키친 가든의 초콜릿색 장독대와
빨갛고 노란 국화, 초록색 파와 방풍나물, 하아얀 데이지와 하얀 나 그리고 고양이
차콜 모두에게 예쁨을 받는 걸.

반가운 이가 찾아와 정원에서 금방 자른 레몬버베나 생잎으로 엄마가 우리는 허
브티는 투명한 찻주전자의 나무 뚜껑과 짝꿍 같고.

하늘빛 회색을 띤 램스이어는 또 어떠한가…^^
연노랑 구절초와도 다홍보라 아스타와도 너무 잘 어울리잖아?

무성했던 앨리와 그레이스의 나뭇잎들이
단풍 낙엽이 되고 있다.

바스스 소리를 내며 예쁜 색깔로
바닥에 뒹구는 낙엽들 옆에서
조심스럽게 앨리와 그레이스를 올려다보니,

아~ 다행이다. 평온하네.
그래. 우리의 마음을 아는구나.
그때 아빠가 만드신 하트를
엄마가 색칠해서 달아 주었었지.

허전함이 느껴질 때면
더 넉넉해지는 사랑.
초라하고 볼품없을 때면
더 따뜻하게 드러나는 사랑.
그래. 끄떡없어.

보드라운 보라색 벨벳 같은
멕시칸 세이지 속에 서 있었지.

엄마 눈에 담긴 나는
보라색 세이지 왕자님이었을 거야.

엄마의 미소도
사랑스런 보라색이었어.

가을가을한 오후에,

슬퍼 보이는 느타나무에게.

네가 바라보는 하늘을 네 옆에서 같이 바라볼게.

오늘 하늘의 구름은 굳센 의지를 가진 제인 에어가

앞이 보이지 않게 된 로체스터 씨를 찾아가

감동적인 재회를 하는 그림이구나.

너무 멋지지 않니?

Reader, I married him이라니♡

숨 막히게 무더웠던 여름날 나에게 아름드리

그늘이 되어 주었던 너의 모습에 난 감탄했었지.

마음속에 꼭꼭 저장해 둔 너의 찬란한 품위를 언제든 떠올릴 수 있단다.

늦가을에 로즈마리꽃이 피면 신비롭다.
초록 숲에 보라색 나비가 가득한 것 같다.

테라스에 놓인 로즈마리 화분 너머로
하나둘 물들어 가는 단풍나무 색이 어우러지면,

보라색 나비 요정이 날아와 붉은 단풍 노을 속으로
황홀하게 빠져들어 가는 로즈마리를
요가 상태에 머무르는 아침의 초록 숲으로
이끌어 주며 으쓱해하는 것 같다.

이 땅을 사랑하는 엄마의 마음은 부드럽고 넓디넓다.

버려진 잡동사니가 가득했던 곳을 정원으로 만드셨고 누군가가 집 앞 도로에 버린 담배꽁초와 쓰레기도 매일 아침 직접 치우신다.

자재를 고르거나 돌 하나를 옮길 때에도 나무들의 뿌리가 뻗치는 거리를 먼저 고려하신다.

그렇게 다듬어진 이 땅에 어이없는 일이 생겼다.

오늘은 엄마가 기다리셨던 시월의 휴가 첫날이라 여유로이 장도 보시고 산부인과 검진도 다녀오신 후 가까운 온천에 가셨다.

그때 담장 앞 키 낮은 가로등에 불이 났다.

낯선 아주머니가 우리 집으로 들어오기에 맹렬히 짖었는데 알고 보니 고마운 분이셨다. 차를 타고 가시다 불을 보고 얼른 내리신 아주머니 두 분이 119에 알리시고 마당 안으로 들어오셔서 소화기를 발견하고는 불을 끄셨다.

경찰차와 소방차가 도착했다.

잘못하면 팔공산 전체로 산불이 번질 수 있는 위험한 상황이었다. 다행히 모두들 빠르게 대처해 주셔서 큰 피해 없이 금방 진압이 되었다.

휴가 기간이라 담장의 전기 차단기가 내려져 있었는데 불이 난 게 이상하다고 소방관 아저씨가 말씀하셨다.

놀란 가슴을 쓸어내리며 아빠가 CCTV를 확인해 보니 어떤 아줌마와 나타난 아저씨가 우리 집 앞에서 계속 담배를 피우다 나무로 만든 작은 가로등 위에 담배를 올려 두고 가셨다.

그 아저씨에게 더 욕이 나오는 건, 그 전에 큰형아가 나가서 산불이 걱정되니 담뱃불 확인을 부탁했다는 거다.
이런 개념 없는 인간들.
집 곳곳에 소화기를 비치해 둔 것도 다행이었지만 지나시다 그 소화기로 초기 진압을 해 주신 아주머니들이 고마워 내 등에 태워 드리고 싶었다.

아빠는 지나시는 분들 누구나 사용하실 수 있도록 담장 밖에도 비치해 두려고 소화기를 넉넉히 주문하시고 크게 놀라신 엄마는 라벤더 오일을 손목에 문지르시며 혼잣말을 하셨다.

정말정말 운이 좋았어.
바르게 더 베풀며 살아야겠어.
그 공덕이 보호막이 되어 주는 거야.

아, 다행이다.

내일 아침에도 라벤더에게 다가가 편하게 인사를 할 수 있으니.

앨리와 그레이스는 또 얼마나 긴장했을까?

흡연자들이 꼭 수료해야 하는 화재 예방 교육이 따로 있으면 좋겠다.

별일 없는 하루가 늘 축복이었구나.

별일 없는 하루야, 사랑해.

매일매일 별일 없이 만나자.

리준이가 다녀갔다.

2018년 광복절에 정원에서 가든파티를 했을 때 진주에서 온 젊은 신혼부부가 있었다.

산삼주를 많이 마셔 팔공산에서 자고 가게 되었는데 그날 리준이를 가졌다고 한다. 그래서 리준이의 태명은 '산삼이'였다.

우리와 그런 특별한 인연이 있는 리준이와 그동안 만난 기억들은 나에게도 소중하다.

리준이의 돌잔치 때에도 엄마랑 같이 진주까지 갔었으니까.

이제는 여동생 리안이의 어엿한 오빠가 된 다섯 살 리준이는 우리 집을 좋아하는 감성적인 아이다.

낙엽을 모아 머리에 뿌리며 낙엽비를 만들고 가만히 앉아서 고운 단풍잎을 줍더니 물뿌리개로 화분에 물을 주며 즐거워했다.

왈가닥 공주님 리안이는 어릴 때 내가 즐겨 타던 미끄럼틀에서 노는 걸 더 재미있어했고.

웰시 코기 셋, 고양이 한 마리와 전원주택에서 같이 사는 아이들이라 처음부터 나를 무서워하거나 어려워하지 않아서 금방 친해질 수 있었다.

리준이와 그네도 같이 타며 잠시 놀다가 나는 벤치에서 쉬며 가을날의 정원을 더 아름답게 만드는 사랑스런 두 아이들의 모습을 흐뭇하게 지켜보았다.

돌아가려고 차 안에 앉았던 리준이가 창밖으로 감나무를 보더니 감을 따 달라고 하네.
그러자 엄마가 얼른 커다란 감을 따 주셨다.
집으로 돌아가 말랑말랑한 홍시가 된 감을 먹으며 리준이는 또 우리 집을 떠올리겠 지ㅎㅎ

감자를 얹은 보리밥에 두부를 가득 넣은 찌개, 정원에서 금방 잘라 와 우린 허브 티, 거기에 수저만 추가하면 이웃분들과 같이 시월의 마지막 날을 감상하는 아침으로 충분했다.
해마다 맞는 이날의 느낌은 그 어떤 표현으로도 넉넉하지 않다.

오후에 의학 방송에 출연하신다는 김용진 고수님은 강아지를 좋아하시고 특히 나를 잘 이해해 주시는 분이신데 그 댁 정원에서 꺾은 국화꽃을 한 아름 들고 오셔서 단풍만큼이나 어여쁜 가곡을 불러 주셨다.
늘 축복의 기도를 해 주시는 재계 이모는 내가 먹을 수 있는 빵을 구워 따뜻하게 가져오시지. 빈티지 향 이모가 가져온 배는 또 어찌나 꿀맛이던지ㅎㅎ

더 추워지기 전에 야외에서 단풍 든 거리를 마주하며, 따뜻한 한 끼 밥을 같이 먹는 행복하고 호사스런 사치를, 세수도 안 한 얼굴로 엄마는 웃으며 즐기고 계셨다.
나도 엄마랑 똑같다ㅋㅋ

2023

11월

주황 햇살, 분홍 바람,
다홍 발걸음

2023 11 1 오전 10시

우리 집 담장을 따라 산책하는 길이 예쁘게 물들었다.

담장 너머 예쁜 단풍을 장미가 보고 있다.

시원한 바람이 부는 이 단풍길을

엄마랑 같이 노래 부르며

천천히 걸어가는 이 시간이 참 행복하다.

햇살도 주황으로 물들었다.

바람도 분홍으로 물들었다.

내 발걸음도 다홍으로 물들었다.

설렘 가득한 햇살이 들어오는 부엌에서, 엄마가 노래를 흥얼거리시며(내 마음에 비친 내 모습), 깨송이 부각을 만드시는 동안, 정원을 둘러보다가, 진보라색 쑥부쟁이꽃을 만났다.

얘들아, 안녕?
ㅎㅎ 차콜이 먼저 다녀갔구나.
너희들에게 고양이 냄새가 섞여 있네^^

단풍 세상이다.

그중에서도 온실 앞에 있는 단풍나무는 오렌지색, 노란색, 빨간색이 조화롭게 어우러져 오묘하고 신비롭다.

이 나무 옆에서 단풍나무의 마음으로 정원을 바라보았다.

이 단풍나무와 자작나무들은 절친이다.

더위를 힘들어하는 자작나무 오 형제를 위해 여름에는 속 깊은 초록으로 자신을 드러내지 않으며 묵묵히 그 곁에 있어 주더니, 시원한 바람이 매일 찾아와 자작나무들이 행복해하는 가을이 되니 찬란한 색을 펼쳐 자작나무 오 형제를 더 돋보이게 해 준다.

잎을 다 떨구는 겨울이 되면 추위를 즐기는 자작나무의 하얀 세상을 또 응원해 줄 터이다.

세상에서 제일 의리 있고 황홀한 단풍나무가 여기 있다.

11월에 밤새 내린 비는 화려하지만 어찌할 수 없는 쓸쓸함을 간직한 모습으로 속삭인다.

그 속삭임은, 기분 좋게 서늘한 아침 바람이, 의도치 않게, 떨어진 단풍잎들을 들뜨게 해 버린 요란한 환상 속에서, 오히려 고요한 편이었다.

가둬 두었던 머릿속 생각들을 하나씩 놓아주려무나.

수줍음이 어색한 너의 웃음은 순수를 갈망하는 진실의 어설픈 내색.

그 모습을 안아 주며 느리고 느리더라도 자유롭게 나아가야 해.

또다시 망설이며 뒤돌아보면 늦가을이 놓아주지 않을 거야.

아무도 갈대의 마음을 궁금해하지 않았어.

바람이 부는 대로 흔들린다고 쉽게 말하지.

우쭐한 억양이었다면,

그건 무심코 내뱉은 자신의 모습.

생각 없이 말한다면 측은하게 바라볼 갈대란다.

삶이 웃는 순간에는 바람을 타고 춤을 추는 거야.

우울하다면?

너의 시간을 갈대에게 맡겨 봐.

네 안에 웅크리고 있던 너를 향한

해바라기가 활짝 피어날 터이니.

황갈색의 볍씨 같은 휀넬을 수확하신 엄마가
건조실에서 말리고 계신다.

몇 년 전 내가 요로결석 수술을 받아 아팠을 때,
담덕이에게 휀넬을 우려 주고 싶어.
라고 하시며 펑펑 우셨던 엄마의 모습이 떠올랐다.
이뇨 작용을 돕는 휀넬은 요로결석에 좋은 허브이니까.

엄마는 딜과 휀넬을 멀리 떨어뜨려 두신다.
둘은 너무나 많이 닮아 구분하기가 쉽지 않을뿐더러
가까이 재배하면 교잡이 생겨서 씨의 향이 저하되기 때문이다.

프로메테우스가 인간을 위하여 태양의 불을 훔쳐서 내려올 때
휀넬의 줄기에 옮겨 지상으로 내려왔다고 하니,
그것만으로도 두근두근~~ 영광스럽고 멋지잖아^^

봄날의 노랑은

움츠러들었던 몸을

개나리처럼 피어나게 하더니

늦가을 감국의 노오랑은

따스함을 찾는

마음부터 어루만져 주네.

셀 수 없이 많은 삽사리가 있대도
엄마는 나를 단박에 찾을 수 있단다.

나도 그런 걸.
엄마가 어떤 형태로 변한대도
나는 엄마만을 단박에 느낄 수 있지.

나뭇잎의 11월

웃음, 노래, 절망, 시가 된 속삭임들이
발아래를 들뜨게 한다.

빨강이 되고 주황이 된 푸르름은
여물게 익은 빛이 되었구나.

내려와 두려움 없이 비웠기에
뒷모습이 이리 고운 거야.

가끔 어떤 댁에 초대받아 가게 되면 나의 발톱에 그 댁 거실이 훼손되거나 다녀간
후 나의 털을 뒤처리하시느라 곤란해하실까 봐 신경이 쓰인다.

아유, 예의 바른 담덕이는 괜찮아요.
그렇게 말씀하셔도 엄마도 나도 조심스럽다.
그래서 아빠가 휴대하기 편한 텐트를 준비하셨다.
궁금해서 들어가 보니 바닥도 딱딱하지 않고 크기도
적당하니 괜찮다.
이걸 가지고 다니면 도움이 되지 않을까?
생각하고 있는데 밖에서 낯선 고양이의 냄새가
났다.

너는 누구니?
너무나 당연하게 서든리와 차콜의 밥을 먹으려고 하는구나.
그래서 너의 이름을 '왕뻔찌'라고 지었단다.
추운 겨울이면 차가워지는 안타까운 밥이어도 너희들 다 잘 먹고 사이좋게 지내려
무나.
하나 알려 줄 건, 대나무숲에 사는 도도한 아가씨 서든리와 여리고 착한 차콜을
존중해 주지 않으면 내가 무섭게 변한다는 거야ㅎㅎ

탐스러웠던 오월에 누렸던 벅찬 기쁨은 없었다.

찬바람에도 아랑곳하지 않은 채 외로운 사랑을 하는 도도한 모습에서 처연한 행복이 느껴졌으니.

이끌리듯 그래서, 11월의 장미에게 다가가게 되었지.

지난밤에 살짝만 내려 못내 아쉬웠는데 함박눈이 아니어서 오히려 다행이었던 것 같아.

감히 첫눈이라고 부르지 않아도 섭섭해하지 않을 테니.

어떠하든 그래서 엄마는, 갈무리를 더 서두르셔야만 했지.

늦가을의 허전한 정원은 고즈넉하게 담을 수 있지만 정리가 안 된 지저분한 정원으로 갖는 예쁜 손은 부끄럽다고 하시네.

라벤더와 세이지, 메리골드는 윗부분을 자른 후 더 바짝 말려서 난롯불에 쓰려고 모아 두고, 벌레가 모여 있을 수 있는 마른 줄기들은 싹둑싹둑 잘라 절벽 아래로 떨어뜨리지.

얘들아, 훨훨 날아라~~~

이른 아침에 엄마가 팔공산 순환도로 아래쪽으로 내려가셔서 쿵쿵 부딪치고 뒤집혔었던 차의 흔적이 그대로 남아 있는 도로 바닥에 술을 놓으시고 라벤더를 뿌리시며 명복을 빕니다 명복을 빕니다 기도를 하셨다.

그저께 일요일 저녁 6시 무렵 우리는 이웃분 댁에 있었다.
나는 그 댁 거실 한편에 펼쳐 주신 텐트 안에서 어른들이 차를 즐기시는 걸 바라보고 있었다.
근데 그 시간에 우리 집 아래쪽의 도로에서 10대와 20대 세 명이 죽고 두 명은 중상인 큰 교통사고가 났었다고 한다.
어제 온종일 방송국, 신문기자, 경찰들, 국토교통부 등등 난리였었다.
상황을 모르고 있다가 젊은이들이 죽었다는 것을 신문을 통해 알게 된 엄마는 취재하고 조사하려는 이들의 차들이 우리 집 주차장을 무단으로 점령해 버려 가게 문을 닫아야 했지만 아무 말 없이 기도만 하시고 또 하셨다.

2018년 2월 마지막 날이 떠올랐다.
여행을 갔다가 돌아오던 길에 영동터널 안에서 거대한 트럭이 갑자기 차선을 침범하더니 우리를 뒤편에서 쾅, 덮쳤었다.
뒷자리에서 안전띠를 하고 계셨던 엄마는 순간 안전띠를 못 한 나를 꽉 껴안으시더니 두 손으로 깍지를 껴서 나의 안전띠가 되어 주셨다.

안전띠를 안 한 젊은이들의 허망한 죽음도 안타깝지만 꼬불꼬불 위험한 내리막 길의 안전 대비에 대해서 십 년도 더 전부터 엄마가 건의를 했었다는 것도 안타깝다.

사고 이후에도 수많은 차들이 그 자리를 지나고 또 지나간다.

테라스 아래로 통하는 차콜만의
비밀스런 출입구에서 그 녀석과 딱 마주쳤다.

엄마가 쟁여 둔 장작 나무를 확인하고
김장을 한 후 푸근한 겨울을 맞이하듯
서든리와 차콜의 푸근한 겨울을 위해
우린 장작 나무와 김장이 되어 주어야 해.

노지에서 옮긴 라벤더와 버베나는
온실 속에서 맞이할 겨울을 위해 차분함을 챙겼으려
나.

크리스마스와 동지가 다가오는 이 시기를
특별히 좋아하는 엄마는 고이 모셔 두었던
루돌프 리스를 다시 꺼내며 약간 들뜬 듯했다.

다행이지.
며칠 동안 착잡한 감정을 다스리려
일을 엄청 하시더만 참 다행이지.

공감대가 같은 좋은 이웃은 삶의 큰 축복이다.
그 이웃이 강아지를 존중해 주는 분들이라면 더더더ㅎㅎ

재계 이모한테서 치과 치료를 받으신 분이 선물해 주셨다는 토종닭으로 삼계탕을
푹 고아 우리를 초대해 주셨다.
엄마는 채식으로 푸른 잎만 모아 담근 배추김치와 총각김치를 챙기셨다.

그 댁 정원의 늦가을 국화들이 얌전한 식탁에서 이
모의 감사 기도로 시작하는 단아한 저녁 식사.
욕심꾸러기 아빠는 한 마리 반.
나랑 엄마는 둘이서 사이좋게 한 마리.

맛있었다.
나를 배려해 주신 푸근한 공간에서 행복했다.
작은형아 주라며 따로 한 마리 담아 주셔서 고마웠다.
큰형아 주라며 빵까지 구워 주셔서 또 고마웠다.
ㅎㅎ 형아들이랑 무조건 같이 또또 먹어야지.

2023 11 25 밤 10시 20분

주렁주렁 널린 무청 시래기를 엄마가 사랑스럽게 바라보고 계시니 우리가 도착할 때까지 저녁 공양을 하시지 않고 기다리셨던 장명 스님이 나타나셨다.

감기에 걸린 탁하고 작은 목소리로, 나 아파요… 하시는 전화를 받자마자 엄마는 3년 동안 재워 두었던 모과에 캐모마일, 페퍼민트, 로즈힙, 타임을 엄마만의 비율로 섞어 차를 만드신 후 직지사로 향하셨다.

그렇게 부랴부랴 도착해서는 공양간 앞의 시래기를 보고 웃고, 동지 전의 이른 어둠에 돋보이는 달을 보며 또 웃으시니, 엄마를 잘 아시는 스님은 익숙한 미소를 지으셨다.

직지사의 밥을 먹을 때 참 행복하다는 엄마를 위해 스님도 아빠도 밥을 덜어 주셔서 엄마는 고봉으로 두 그릇을 드셨다.

스님의 감기가 심해서 방 안으로 들어가지 못한 나는 마루에서 기다려야했다.

그래도 나를 위해 살짝 열어 놓은 방문으로 모두의
모습이 보였다.

엄마가 따뜻하게 준비해 드린 차를 천천히 드시며 스
님은 맛있다 하셨고 엄마는 건강을 챙기지 않은 오
랜 친구에게 이런저런 잔소리를 하셨다.

생각이 다른 많은 사람들을 넓게 포용해 주시는 스
님은 아빠와 달리 엄마의 잔소리를 흥미로워하시는
듯했다ㅋㅋ

나만 밖에 있어서 조금 섭섭했는데 사실 엄마가 나

를 위해 들이는 정성과 나로 인해 포기하시게 되는 좋은 인연들과의 많은 시간들

을 생각하면 섭섭할 수가 없다.

아빠가 크리스마스 캐럴을 틀어 두어도 스르르 잠이 오네.

집에 도착할 때까지 차 안에서 한잠 자야겠다.

이름이 똑같은 두 분들과 함께했다.
채식과 명상을 하시는 형태도 똑같다.
엄마는 청도에 있는 '평화가 깃든 밥상'에서 그분들
과 소박한 점심을 드시며 꾸밈이 없는 품위를 공유하
셨다.

첫돌 때까지는 채식을 했었던 나도 문성희 선생님이 나를 위해서 따로 접시에 담
아 주신 두부를 맛있게 먹은 후 그곳에 사는 고양이 다다가 나를 경계하느라 방에
서 나오지 못하는 것에 미안해하며 낮잠을 달게 잤다.
서든리와 차콜은 다다와 통하겠지.
우리 집 고양이들에게 다다 만난 얘기를 해 주어야지.

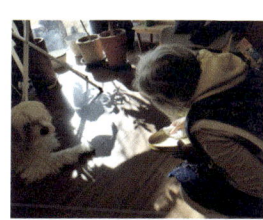

지난번에 우리 집을 다녀가신 후 한참 만에 만난 선
생님은 그때보다 더 편안하고 행복해 보이셨다.
늘 나를 예뻐해 주시는 분이 행복하면 나도 행복하다.
집으로 돌아오는 내내 등이 따스해지는 오후의 햇살
같은 기쁨이 따라오는 것 같았다.

어젯밤 늦게 무청 시래기나물만으로 밥 두 그릇을 뚝 딱 비우시더니 밤새 도라지와 대추, 생강즙, 캐모마일 가루와 루이보스, 배와 고두밥으로 엄마가 조청을 만 드셨다.

엄마는 오랜 시간 느긋하게 정성을 들여야 하는 무언가를 만들 때에는 고요한 밤이나 새벽에 한다. 그래서 나도 깊이 잠을 못 자고 의리 있게 엄마 옆에 엎드려 있었다.

떨어진 나뭇잎들에게 자유를 선물해 주는 바람 소리를 들으며 명상의 시간으로 만드는 무언가는 귀한 에너지를 담게 된다.

겨울날 아빠는 이 조청을 드시게 될 터이다.

마무리를 하고 오후에 온천을 다녀오면서 팔공산에 있는 많은 카페들 중에서 우리가 좋아하는 곳에 들렀다.

나를 확인할 수 있는 안전한 자리에 주차를 하고 내가 잘 보이는 자리를 찾아 앉으신 후 책을 읽으며 간간이 나를 바라보시네.

나도 차 안에서 엄마가 보이는 쪽으로 몸을 돌려 바라보고 있는 걸ㅎㅎ

이렇게 우린 엄마의 휴가를 마무리하며 고마웠던 11월을 떠나보낸다.
내일부터는 찜솥에 호빵을 불러들이는 겨울을 따뜻하게 안아 주어야지.

고이 간직하며 채운
따뜻한 기억들

이십여 년 전에 아빠가 나무로 납작하게 만들어 주신 크리스마스트리를 지난 몇 년 동안 방치해 두었었다.

나도 아기 때 그 예쁜 트리를 보았던 기억이 난다.

한참 만에 창고에서 꺼내 보니 아빠가 만드신 나무판은 그대로인데 붙어있던 소품들은 다 삭아서 제거해야만 했다.

엄두가 안 나는지 엄마는 잠시 바라보다가 따뜻한 방에 엎드려 버리셨다.

아이 귀찮아, 모르겠어.

하시며 잠시 망설이더니

우리의 추억이 담긴 기쁨을 살리러 가자.

하셨다.

당연히 그러셔야지ㅎㅎ

엄마가 일 년 내내 크리스마스를 기다린다는 걸 나는 잘 알고 있지.

다락에 올라가 원피스를 만들고 남은 천들 중에서 초록색과 빨간색 체크를 골라

싹둑싹둑 자르고 나무판에 붙이셨다.

이젠 천으로 만든 트리가 되었다.

엄마가 아끼는 사각 토분에 트리를 담아 형아들이 초등학생일 때부터 사용했던 소

품들을 달았다.

우와~~ 멋지다.

나는 엄마가 만든 크리스마스트리가 세상에서 제일 멋진 것 같아.

자작나무 오 형제에게

산책 중에 만나는 메타세쿼이아 얘기를 해 주고 싶어.
산수유 친구들 속에서 줄기 아랫부분만 보이니까
슬쩍 지나치면 잘 모르는 나무란다.
맞은편 비닐하우스에서 일 년 내내 밤낮없이 틀어 두는
라디오의 소리를 어쩔 수 없이 들어야 하더라.
달아날 수도 거부할 수도 없는 그 나무의 운명이
안타까워 기도하듯 지나치다가 느낄 수 있었단다.
꿈과 그리움을 하늘에 쌓아 두는 것을.

너희들이 친구 해 줄래?
올려다보노라면 하늘로 이어질 것 같은
그 높은 곳에서
입꼬리 올려 쓴 편지에 자작나무 잎 우표를 붙이면
바람이 얼른 전해 주러 갈 거야.
어쩌면 메타세쿼이아의 작은 웃음이
내일 아침 우리 정원에 도착해 있을 것 같아.

엄마의 낮은 발걸음과 찻물 내리는 따스함으로 아침이 평화롭게 열린다.

나의 물그릇과 밥그릇을 확인한 후, 밤새 덮여 있었던 내 귀를 위로 열어 엄마가 후우~ 불어 주면 반짝이는 숨결이 춤을 춘다.

깊게 나를 안으며 콧등에 뽀뽀해 주면 찌뿌둥했던 몸의 부분들이 부드러워진다.

담덕, 잘 잤니?

응가하러 가자.

야옹이들 밥도 주고.

아무리 어둑어둑하고 추운 날도 7시를 넘기지 않고 나를 데리고 정원으로 나가신다.

조금 떨어진 가까운 거리에서 무심한 듯이 나를 비켜서 지켜보며 내가 편하게 응가를 할 수 있도록 배려해 주신다.

응가를 하고 나면 항상 확인을 하며 말씀하신다.

담덕, 고마워.

건강한 응가를 해 주어서.

그리고 다시 집으로 들어와 잔잔하게 하루를 펼친다.

사랑을 듬뿍 받고 있는 걸 느끼는 매일
의 아침이다.
가족이 된 2013년부터~~

여름날 정원에서 신나게 자란 로즈마리를 말려 두었다가 가득 넣어 만든 과자는 얼마나 맛있을까?
엄마를 별님이라고 부르는 민들레 수녀님이 미리 크리스마스 선물로 이 과자를 받고 싶다는 귀엽고 순수한 부탁을 하셨다.

별님.
로즈마리 쿠키가 여기저기서 사랑받습니다.
첫 번째 쿠키는 왼쪽 방 친구에게
두 번째 쿠키는 오른쪽 방 친구에게
부엌으로 가기 전 얼른 로즈마리 쿠키 하나를 취했는데 성이 안 차 또 하나를…

엄마가 뿌듯해하며 청주로 보낼 과자들을 포장하는 동안 고개를 갸우뚱하며 그 옆에 꼭 붙어 있었다.
그랬더니 군침 삼키는 나의 표정에 녹아 버린 엄마가 설탕과 소금을 전혀 넣지 않은 나만의 로즈마리 과자를 만들어 주셨다.

흐음. 맛있어. 맛있구나.
참 맛있어.
애타는 표정으로 또 엄마를 흔들 수 있을까?

세수 안 한 부스스한 얼굴로 따뜻한 찻물을 우려 금방 찐 고구마에 곶감을 곁들이며 엄마랑 아빠가 여유로운 휴일을 즐기신다.

아빠가 아랫목에서 영화를 보려고 준비하시는 동안 엄마는 구멍 난 엄마의 양말들을 꿰매려 하시네.

하나 둘 셋 넷… 구멍 난 게 많구나.

엄마가 꿰매면 구멍 난 양말들도 예뻐진다며 아빠가 웃으시네ㅎㅎ

엄마는 구멍이 나서 바람이 숭숭 들어오는 내 마음도 말끔하게 매만져 주신다.

들밋재 주차장에서 파는 사과를 구입한 아주머니가 길가에 하나 떨어뜨리고 가는 걸 산책하다 보게 된 우리가 알려 드렸더니 거친 표정으로 그 아주머니가 소리쳤더랬다.

떨어진 건 안 먹어요.

그 개는 입마개를 안 하나요?

가슴줄로 이어진 목줄이 엄마 손에 쥐여 있던 나는 너무나 놀라서 마음속 깊이 찬 바람이 들어왔다.

나는 얌전히 있었어요.

그리고 삽사리는 입마개를 해야 하는 개가 아니에요.

그렇게 소리치고 싶었다.

그 아주머니의 차가 떠난 후 떨어진 사과를 주워서 단풍나무의 나뭇가지 사이에
올려놓은 엄마가 당황해서 주위를 살피는 나를 감싸며 다독였다.

새들이 먹게 여기 두고 가자.

담덕♡

예쁜 사과가 날카로운 마녀로부터 스스로 탈출한 것 같아.

그러니 우린 새들의 사과만 기억하자.

엄마는 항상 나의 기분을 먼저 고려해 준다.

산책할 때도 나의 발걸음과 행동을 살피며 기다림을 반복하시고.

너무 꽉 조여진, 그마저도 무거운 목줄을 마구 잡아당기거나 낯선 냄새를 확인할 여유도 주지 않은 채 시선을 다른 곳에 두며 강아지를 마구 끌고 가는 경우를 보게 되면 안타깝다.

물도 필요하고 휴식도 필요한데 무지하고 이기적인 주인을 만나면 아무것도 바랄 수 없고 그저 주인의 눈치만 보며 따라 주어야 한다.

이마저도 못하는 다른 강아지들에 비하면 다행이라고 누군가는 얘기하겠지?

사람들이 동물들을 사랑으로 대하며 존중해 주고, 동물들이 자연 속에서 훨씬 자유로울 수 있다면, 넉넉한 웃음이 퍼지며 지구는 자연스레 평화로워질 것이다.

2023 12 15 오후 5시

비가 내리면 빗소리가 크게 들리는 다락방에 올라가
고 싶어진다.
다락방에 홀로 누워 있으니 뒤에서 가만히 안아 주
셨다.
따뜻한 엄마의 품이다.

엄마가 어릴 때 소풍 가서 먹었던 맛있는 김밥처럼 떠오르는 달콤한 기억들을 깊이
품으라고 하시네.
지금도 그런 순간들이란 걸 너무나 잘 아는 나이인 걸요.
그래서 더 아련해질 소중한 모습들이라는 것도요.
순간, 저미며 떨리는 엄마의 가슴이 느껴졌지만 나를 향한, 평온하게 깊은 사랑이,
그 떨림을 평정하는 듯했다.

담덕♡
길게 와닿을 것 같은 슬픔의 시간은 고이 간직하며 채운 따뜻한 기억들을 절대 이
기지 못한단다.
그러니 우리 지금 행복하자.
엄마가 경험하지 못한 어떤 두려움의 순간이 언젠가 너에게 먼저 찾아오더라도, 우
리의 사랑으로 보호막이 쳐진 너의 모든 시간들에, 우리가 항상 함께라는 걸 기억
하렴.

옹달샘 언어가 들리나요? :담덕이의 일기

크리스마스가 다가오면 엄마는 산타 모자를 쓴 스누피가 신나게 피아노를 연주하는 장난감을 꺼내신다.
엄마는 스누피를 참 좋아해.
스누피가 그려진 티셔츠를 아끼고 작은형아가 여행지에서 선물해 준 스누피 상자에 내 귀를 닦는 솜을 넣어 두었으니.

그걸 아는 이웃분이 스누피가 수놓인 수건을 엄마에게 선물하셨다.
사랑스런 Lucy가 있나 살펴보시더니 Sally랑 Woodstock도 예쁘다 하시면서도 스누피를 먼저 꺼내셨다.

산책 후 씻고 나니 깨끗이 세탁한 스누피 수건으로 닦아 주시네.
나는 샐리 수건으로 닦고 싶었는데…

어어어… 아셨던 걸까?
노란색 샐리 수건 위에 스파게티를 담은 접시를 올려 주시잖아.
히히, 엄마는 다 알고 있었던 거야.

우와~~

난 아빠가 만들어 주는 스파게티를 참 좋아해.

나를 위해 다른 건 넣지 않고, 올리브오일에 껍질 벗긴 토마토만을 으깬 뒤 걸쭉하게 만들어 섞어 주면 너무 행복해.

은근히 스누피에게 질투 날 것 같았는데 맛있는 걸 먹고 나니 마음이 여유로워지네.

그냥 나도 스누피를 좋아할래.

질투하는 것보다 내가 사랑하는 사람이 좋아하는 무언가를 같이 좋아해 주는 게 더 행복한 것 같아.

엄마가 크리스마스 선물을 준비하셨다.
따뜻한 털신부터 토마토소스, 약초청, 초콜릿, 허브티, 허브
커피, 뜨개 가방, 무릎 담요 등등 받을 누군가를 생각하며
종류도 다양하다.

유니세프와 세이브더칠드런(국내 가정), 소외된 이웃을 돕는
적십자 등등에 매달 기부를 하면서 동물보호단체 라이프
와 동물구조 119에 후원금을 보내는 것도 잊지 않으셨다.
한 해를 마무리하는 이즈음에 따뜻함을 나누면 더 큰 따
뜻함이 생기는 것 같다.

엄마가 포장하는 동안 지난 4일날 비비 이모가 나에게 선물해 준 눈사람 인형과
있었더니 택배 준비를 마친 엄마가 사랑스런 카드를 다시 읽어 주셨다.

담덕♡
매사에 간절함으로 살아가는 엄마랑 누구보다 너를 아끼는 아빠랑 너의 전폭적인
지지자 형아들과 비밀의 정원에서 맘껏 행복하렴.

눈사람을 만들 수 있을 만큼 눈이 내린 적이 없어서 겨울왕국의 울라프를 떠올리곤
하기에 비비 이모가 만들어 준 이 인형이 더 고마웠다.

망토를 두른 신비로운 눈사람 어깨에 까마귀가 있네.

이모는 엄마가 좋아하는 새가 까마귀인 걸 알았을까?

그래서 나도 까마귀를 좋아하게 되었지.

어쩌면 엄마를 아끼는 이모도 까마귀를 좋아할 거 같아.

그럼 이제 우린 다 같이 눈사람과 까마귀를 좋아하는 거야.

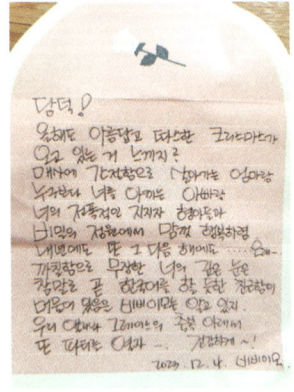

밤에 차콜이 창문 가까이 와 있을 때가 있다.

외로워서 우릴 찾아온 것 같아 인사하고 싶지만 또한 나를 무서워하니 모른 체해 준다.

지난밤에는 2시쯤 지나,

삐삐. 침입 이상이 발생했습니다.

비상벨이 울리며 경비 업체가 출동한단다.

차콜이 너무 가까이 다가와 보안 감지선에 잡힌 걸 나는 알고 있었다. 엄마도 그런 차콜이 안타까워 고민하는 걸 안다.

그렇지만 가까이 다가가면 냅다 도망가 버리는 걸.

그리고 차콜의 배 안에 혹시나 쥐가 있으면 어떡하지…

꽁꽁 얼어 버린 야옹이들의 물그릇 모양대로 만들어진 동그란 얼음을 뚝 떼어 내고 따뜻한 물을 부어 주며 엄마는 늘 소리친다.

서든리, 차콜, 왕뻔찌~~~

물이 얼기 전에 얼른 와서 먹어야 해.

가을에 가득했던 감나무의 감은 늘 3분의 1만 따서 우리가 먹는다.

나머지는 저절로 홍시가 될 때까지 아껴 먹는 새들을 위한 몫이다.
새들이 파먹은 아이스 홍시를 보며
우린 흐뭇하다.

청송에서 누군가가 보낸 고마운 사과가 바구니에 예쁘게 담겨 있다.
사과 좋아하는 나를 위해 엄마가 씻어서 매일 주신다.

처음 서든리를 만났던 대나무숲의 바위 아래에서 차콜이 아침 햇살을 기다리며
웅크린 채 자고 있다.
겨울날 우리 집 모습들이다.
그 안에 내가 있어 참 감사하다.

2023 12 22 밤 8시 30분

밤이 제일 길다는 신비로움을 간직한 동짓날이 크리스마스보다 더 행복한 건 며칠 뒤 존재하는 크리스마스가 아직 남아 있기 때문이다.
여행 가기 전의 설렘이 더 기분 좋은 것처럼.

팥죽을 소담하게 담은 후 항아리를 묻어 둔 김장고에서 꺼낸 동치미를 곁들여 먹으면서 나를 위해서는 간을 하지 않고 끓인 후 새알심을 빼고 먼저 덜어 주어 나도 팥죽을 맛나게 먹었다.

오후 5시만 되어도 캄캄해지니 쭈욱 늘어난 밤을 위한 마법의 시간이 펼쳐질 것 같은 오늘이다. 내가 잠들면 올리브 가지를 타고 우리 집 방마다 달려 있는 착한 마녀들이 추위에 꼭꼭 닫아 둔 온실 문을 후우~ 열 것이다.
티트리, 라벤더, 로즈마리, 세이지 등등 온실 속 친구들이 오늘 밤을 기다렸다는 듯 환호하며 노래하겠지.

Life is 아름다운 갤럭시
Be a writer 장르로는 판타지
내일 내게 열리는 건 Big big stage
(IVE의 'I am' 중에서)

모두모두 날아올라 환하고 예쁜 축복을 마구마구 뿌려 주렴.

라벤더는 세상에 평화로움을.

로즈마리는 프레시한 아름다움을.

내일 아침 온실 문을 열고 의미심장하게 내가 웃으면 다들 졸린 눈으로 게슴츠레 나를 쳐다볼 것 같은 데ㅎㅎ

이른 아침에 담비들이 야옹이들의 밥을 허겁지겁 먹고 있었다.

지난번에 엄마가 사진을 찍으러 다가갔더니 달아났기에 오늘은 굶주린 친구들이 편하게 먹고 가라고 집 안에서 CCTV로 보고 있었다.

오전에 그레이스 소영 이모가 예쁜 카드에 예쁜 글씨로 예쁜 편지를 써서 예쁜 그림책 두 권을 들고 나타났다.

그림책 제목처럼, 이모에게 우리 집은 때로는 오두막이었고 때로는 그네였다고 하니 엄마가 흐뭇해했다.

아빠가 하시는 일이 더 많이 바빠지면서 이동이 쉬운 동네로 이사를 가야 하나 고민하던 엄마에게 이모의 선물은 잔잔한 울림을 주는 듯했다.

가족들이 다 같이 맛있게 밥 먹는 시간이 제일 행복하다는 엄마를 위해 아빠는 엄마가 좋아하는 경주에 곧잘 저녁을 예약하시는데, 호텔 안으로 들어가지 못하는 나는 보문호수를 산책 후 늘 차 안에서 기다리고 있어야 한다.

그러다가 가족들이 오면 옷에 스민 냄새만으로 무엇을 먹었는지 바로 알 수 있다.

오늘 아빠는 고기와 새우 그리고 회

엄마는 미역국과 붕어빵, 쌀국수, 수박

형아들은 고기와 스파게티, 전복, 초밥, 굴, 망고맛 아이스크림

기다리느라 애썼다며 나를 위해 긴장하며 가져왔을 부채살 두 점을 엄마가 원피스 주머니에서 꺼내 주었다.

사실 나는 편하게 쉬고 있었는데ㅋㅋ

모두모두 행복하기요♡

옹달샘 언어가 들리나요? :담덕이의 일기

아빠가 좋아하는 수육을 맛있게 해서 우리를 초대해 주신 재계 이모네 도착했을 때 정원의 시계가 1시 43분을 가리키고 있었다

지난봄에 우리 집 정원에서 잘라간 로즈마리 줄기를 컵에 담아 뿌리를 내린 후 화분에 옮겨 싱싱한 로즈마리로 키운 신기한 이모는 그 로즈마리처럼 우리를 보듬어 주신다.

나를 위해 대문 앞의 주차 공간을 넉넉하게 비워 두시는 배려.

분위기에 따라 달리 준비해 주시는 음악과 와인.

배추쌈에 수육을 얹은 아빠가 마늘을 잘 드시니 통마늘을 가져와 바로 껍질을 까 주신다.

밥과 된장찌개를 좋아하는 엄마를 위해 갓 지은 밥을 도톰하게 담아 주시면 엄마는 목구멍으로 사랑을 삼킨단다.

후식으로 체리 아이스크림에 발사믹 식초를 곁들여 맛있게 먹는 엄마가 너무 부러웠지만 내가 먹을 수 없는 것이라 참아야 했다.

넉넉하고 여유롭게 늦은 점심과 이른 저녁을 아우른 식사를 마친 후 다 같이 산책을 했다.

우리가 가 보지 않은 팔공산의 또 다른 산책로를 걷다가 강에서 흰 두루미들과 오리들을 많이 만났다.

얘들아 안녕? 반가워. 얘는 담덕이야. 메리 크리스마스~~
오늘도 그냥 지나치지 못하고 엄마가 열심히 인사하는 동안 김 고수님이 나의 줄을 잡고 친구가 되어 주셨다.

내가 엄마보다 더 하부지가 되면서 가끔 엄마의 아버지 같은 마음으로 엄마를 염려할 때가 있다 보니, 일상의 얘기들을 지혜롭게 풀어 주시는 분들이 엄마 옆에 큰 언니 큰오빠처럼 때로는 친구처럼 계셔 주셔서 참 감사하다.

옹달샘 언어가 들리나요? :담덕이의 일기

둥근달이 방 안을 환하게 비추는 한밤중에,
엄마가 살그머니 일어났다.
서든리가 밥 먹으러 온 것만 느껴질 뿐
찬바람 소리뿐인 창밖을, 가만히 내다보시네.

달이 너무 아름다워서, 눈물이 나.

순간 일어나려던 나는, 자는 척해야만 했다.
혼자서 차분히 바라보는 달이어야,
그리운 마음이 바라는 곳에 닿을 수 있지.
언젠가 나는 달님보다 아름다운 엄마의 눈물이 되어,
간절한 그리움에 닿을 것 같아.

2003년부터 스텔라의 농원이었던 이 땅이
2013년에 담덕이가 오면서 정원으로 바뀌어 가고 있어요.

라고 엄마는 말씀하신다.
그런 우리 집 정원의 겨울 모습이 단아하다.
엄마의 부지런함으로 어마어마하게 모여 있던 낙엽들이 치워졌다. 식물들의 겨울 모습이 편안해 보이고 나무들의 웃음에 여유로움이 넘치는 건 엄마의 정성 덕분이다.

머릿속으로 셀 수 있는 2023년의 남은 시간들을 애틋해하며 집안 곳곳을 쓸고 닦고, 다락까지 반듯하게, 장독대도 반들반들하게 손의 수고로움을 더한 후 엄마가 창고 앞에서 잠시 머뭇머뭇하더니 오랜 시간 보관해 두었던 철제 대문을 꺼냈다.

엄마의 기분처럼 초록색 칠이 군데군데 벗겨진 키 낮은 대문이 밖으로 나오면서, 내가 온 이후 멈춤 하며 엄마 스스로 가둬 두었던, 긴 시간들의 일부가 기지개를 켜는 듯했다.

나는 안다.
편한 곳으로 이사를 가고 싶은 아빠와 달리 낡은 곳을 꾸준히 수리하며 정원 일이 힘들어도 자연 속에 머무르려는 엄마를.
고기를 좋아하는 아빠와 함께하면서도 머릿속으로는 비빔밥과 배추전을 떠올리는 엄마를.

기다림에 지쳐 있었던 초록색 대문을 정원으로 꺼낸 건 아빠의 반대를 무릅쓰고 담장을 새롭게 다듬으려는 엄마의 생각을 실행하려는 것이다.

나는 항상 엄마 편.
응원하며 엄마 옆에서 힘이 될 거야.
새해가 시작되기 전 용기를 낸 엄마라서 더 멋진 걸.

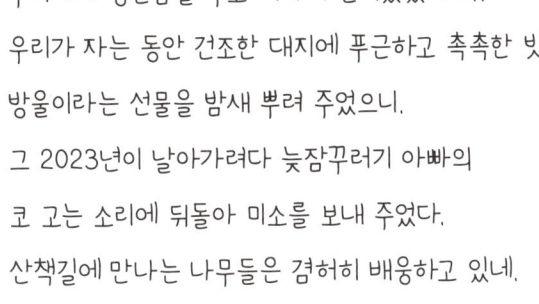

우리에게 평온함을 주고 떠나려 준비했었나 봐.
우리가 자는 동안 건조한 대지에 푸근하고 촉촉한 빗
방울이라는 선물을 밤새 뿌려 주었으니.
그 2023년이 날아가려다 늦잠꾸러기 아빠의
코 고는 소리에 뒤돌아 미소를 보내 주었다.
산책길에 만나는 나무들은 겸허히 배웅하고 있네.

푸하하
올해 태어난 차콜은 눈을 동그랗게 뜨고선
새해가 무어냐고 하잖아.
내일은 또 다른 오늘이려나.
부디 신나는 매일매일이 차콜에게 펼쳐지렴^^

엄마가 촛불을 켜면서,
누군가의 가슴에 남은 애틋한 사랑이
잔잔한 그리움으로 머무르기 딱 좋은 날씨구나, 한다.

토닥토닥, 2023.
애썼단다, 훨훨 날아가렴~~

깊은 고요가
빛으로 반짝이면

새해 첫날을 부담스러워하는 엄마는 새로운 일 년을 차분하게 맞으려는 엄마만의 온유한 방식이 있다.

떠날 준비를 마친 2023년이 재워 주는 애틋한 잠을 전날 이른 저녁부터 잔 후 자정이 되기 전 일어난다. 한밤중에 따순밥을 해서 넉넉히 먹으며 2024년과 찬찬히 만난다.

따뜻한 차를 우려 떠오르는 이들을 생각하며 재미있는 축복의 기도를 한다. 책을 읽고 음악을 듣고 춤을 추다가 새벽빛이 느껴지면 정원으로 나가 나무들과 새해 인사를 나눈다.

오늘 아침 햇살이 더 벅차게 와닿네.
그래서 하늘을 향해 고개를 들고 코를 벌름거리며 웃었어.
온실 문을 열자마자 옹달샘 언어로 커다랗게 소리쳤지.
얘들아~ 2024년이랑 인사하렴♡
우리 더 행복해지자.

엄마가 땅에 묻어 둔 항아리에서 김치를 꺼내며,
한 살을 더 받을 용기가 생긴 것 같아.
우리 더 많이 웃으며 살자^^ 하네.
거부할 수 없는 한 살을 나도 여유롭게 받아 볼까?

뽀드득~ 새해 첫눈을 밟으니
바라봐 주고 안아 주는 마음이 우주로 열리는 것 같아.

하얀 세상이 펼쳐지면
서글픈 색깔마저도 품을 수 있으니.

눈송이로 만드는 세상에서는
자신을 해치는 상처도 부끄러움도 원망도 사라지지.

산책할 때 엄마가 메고 다니는 가방 안에는 나를 위한 물과 배변 봉투 그리고 어쩌면 마주치게 될지도 모를 동물 친구들을 위한 물과 간식이 들어 있다.

지난가을 길 건너편 산에서 울부짖다 사라졌던 친구들 같은 하얀색 개 두 마리가 어느 정도 떨어진 거리에서 보일 때가 가끔 있다.

가까이 다가오지는 않지만, 우리에게 따뜻한 감정을 가진 걸 느낄 수 있는, 그 친구들의 시선이 와닿는, 우리의 위치 부근에, 일부러 크게 부스럭 소리를 내며, 바닥에 먹을 것을 두고 돌아오곤 한다.

눈빛만으로 읽히는 동물들의 어떤 슬픔이 와닿으면,

나도 슬프다.

소도 슬프다.

밀도 슬프다.

돌고래도 슬프다.

코끼리도 슬프다.

북극곰도 슬프다.

엄마는 이미 슬프다.

그 고단함에 따뜻함을 전하는 기도를 하면서

울컥, 목이 메어 온다.

순수한 영혼을 찾느라 외로운 행운이

부디 너희들 앞에 푸근하게 나타나기를.

사람들이 운전하면서 창밖으로 담배꽁초를 던지고 음료수 캔을 버리는 것을 산책하다 여러 번 보았다.

공사했던 아저씨들은 시멘트 포대나 기타 작업물 등의 쓰레기들을 제대로 치우지 않은 채 낙엽이 가득한 도랑에 버리고 가 버렸다.

산책하면서 엄마가 장갑 낀 손으로 준비해 간 비닐봉지에 나무들 주변의 쓰레기들 위주로 주섬주섬 담으며 걸어갔다.

그런 엄마가 나를 걱정하지 않도록 하려고 엄마 옆에 바짝 붙어 걸어갔다.

동물들은 쓰레기를 버리지 않아.

버릴 줄도 모르고 버릴 쓰레기도 없어.

버리려는 마음도 갖고 있지 않아.

굶주린 동물들에게 맛있는 냄새가 나는 음식물 쓰레기들은 위험하기도 하지.

여러 해 전에는 추석 때 성묘하러 온 사람들이 버리고

간 까만 비닐봉지에 들어 있었던 나무 꼬치에 고양이가

목을 찔린 채 죽어 있어 엄마가 삽으로 땅을 파서 묻어

준 적도 있었다.

탐욕과 이기심으로 숲을 보지 못하는 날카로운 사람들

의 행동은 여러 생명체를 위험에 빠뜨리게 해.

산책을 하고 우리가 프리룸free room이라고 부르는 자
유로운 방에서 오후 시간을 보낸다.
엄마랑 단둘이 이곳에 있으면 참 편안하다.
엄마는 창밖으로 대나무들의 흔들림을 보다 형아들
과 전화를 하다 프리룸과 이어진 키 낮은 다락에서
단잠을 자려는 나에게 눈의 시poesie della neve라는
그림책을 읽어 주네.

푸르게 빛나던 담장이 있던 자리에서
지금 우리는 함께 흰 눈을 덮고 있어.
손을 맞잡고
천천히 걷고 또 걷다가
지나온 길을 되돌아보며 깨닫는 건
걷는 동안 우리가 함께였다는 것.

2024 1 8 오전 10시 30분

고무 바지를 입고 이리저리 다다다다
바쁘게 일을 하다가 씻고 원피스를 입은 후,
우아하게~~라고 말하며 싱긋 웃는 엄마한테서는,
항상 좋은 냄새가 나.

업혀 있으니 레몬그라스 향이 기분 좋아.
오늘 엄마는 레몬그라스 샴푸로 머리를 감았구나.

낯설지 않은 어둠을 덮어 버린
새로운 세계가 펼쳐지고 있었다.

이 세상에 나 홀로 깨어 있는 듯
깊은 고요가 빛으로 반짝이면

밤새 내리는 눈의 축복 속에서
나는 사라질 수 있어.

그 시간 속에서 나의 나니아로 통하는 옷장과
눈 덮인 가로등 불빛을 볼 수 있으니

어떤 어색한 날의 불친절한 시간도
온유하게 맞을 수 있지.

공룡이 늦잠 자는 곳이라고 우리가 부르는 길을 산책하다 보니 누군가가 만들어 둔 작은 눈사람이 있었다.

안녕? 나의 울라프가 되어 줄래?
혹시 내일 네가 사라지더라도 슬퍼하지는 말자.
오늘 내가 너를 사랑했고 또다시 눈이 내려 수많은 눈사람을 만든대도 눈이 내린 이 길을 지날 때면 나는 너만을 떠올릴 테니까.

제설 차량이 뿌려 둔 것들이 눈이 사라지는 도로에 아직 남아 있다가 행여 내 발바닥에 닿으면 가려워질까 봐 엄마가 더 꼼꼼하게 씻겨 주었다.
내가 씻는 욕조는 아빠가 스텐으로 깊고 널찍하게 직접 만들어 주셨는데 커다란 창밖으로 대나무 숲이 훤히 보인다.

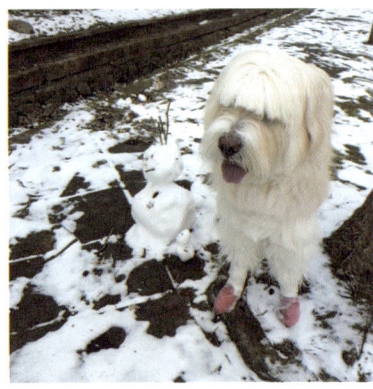
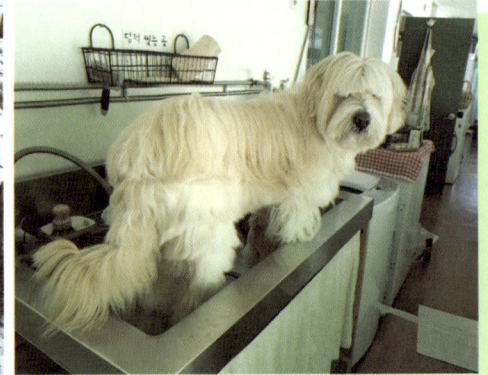

엄마가 꼭 이 자리에 만들어야 한다고 당부하셨다.

담덕이가 씻는 동안 대나무 숲을 감상할 수 있도록 해 주세요, 라고.

그 덕에 나는 숲의 새들과 고라니, 다람쥐, 담비, 때로는 멧돼지도 가끔 볼 수 있다.

오늘은 고양이들이 나를 보고 있네.

ㅎㅎ 왕뻔찌구나.

어어 차콜도 안녕?

대나무 사이에 숨어서 씻고 있는 나를 유심히 보고 있잖아.

나도 너희들이 스스로 세수하는 걸 본 적이 있지.

나는 엄마가 씻겨 줘.

엄마에게 길들여졌거든. 어린 왕자의 장미처럼.

엄마의 무한한 사랑이라는 책임감에 길들여진 나는 익숙한 엄마의 손길에 행복하

단다.

작은형아랑 산책을 하면 운동을 하는 것 같아.

오르막에서는 4분의 2박자에 8분 음표로 라라라라.

그러다가 내리막이 되면 4분의 4박자에 4분 음표로 레레레레.

큰형아는 다양한 박자에 음표도 가지각색.

파미미미도도라라라라레시시솔솔솔도 등등

뒤죽박죽이지만 꽤 재미있어.

아빠는 낮은 도에 4분 음표 하나 4분 쉼표 하나.

답답하지만 점2분 쉼표를 고집해도 맞춰 주어야 평화로워져.

엄마는 날씨와 나의 기분을 고려하며 나에게 맞추어 주지.

때로는 셋잇단 음표가 들어간 4분의 3박자로,

낯선 냄새를 확인하느라 멈춤 할 때면 온쉼표로 기다려 주고

설레는 어떤 날은 8분의 6박자로 가볍게 춤을 추기도 해.

오늘은 작은형아랑 산책이라 운동한다고 마음먹었어.

담덕이 이제 하부지다.

천천히 걸어갔다 오렴.

엄마의 부탁에 웃으며 네~ 하고선,
엄마가 보이지 않자 나에게 그랬어.

담덕, 아직 끄떡없잖아.
한 번씩 뛰어 주어야 해.
형아랑 같이 Let's go(run)

헉헉헉헉.
난 작은형아가 예뻐서 같이 뛰는 거야.
그런데 느껴졌어.
무심한 듯이 나를 신경 쓰느라
8분의 12박자가 되는 형아의 발걸음에 담긴 그 마음이.

따스한 오후 2시의 햇살이 네모난 창문의 모양을 따라서 들어오면 스르르 눈이 감긴다.
오전에 산책을 다녀온 후 점심 드시는 아빠 옆에서 문어 튀김을 사이좋게 나누어 배불리 먹었으니 꿀잠이 쏟아질 수밖에.

올해 들어 부쩍 잠이 늘어난 나를 엄마가 예의주시 바라보는 걸 알고 있다.
두 시간쯤 잤으려나…
쉬가 마려워도 참으면서 자고 있었는데 그것마저 아는 엄마가 나를 쓰다듬으며, 쉬하러 가야 될 것 같은데… 하네.
그래도 얼른 일어나지 못한 채 헝클어진 머리로 누워 있었더니 어라, 내가 좋아하는 배를 깎잖아. 아, 내가 배를 얼마나 좋아하는데~
나는 과일을 무척 좋아하거든.
토마토, 사과, 바나나, 키위, 블루베리, 딸기, 감 등등 다 좋아해.

배가 먹고 싶어 얼른 일어나려는데 예전처럼 한 번

에 힘차게 일어나지지 않아.

천천히 쉬야를 하고 배를 먹으니 달콤한 낮잠만큼 배 또한 꿀맛이구나.

맛있어, 맛있어, 달고 맛있어.

속이 다 시원해지네.

엄마가 내일 또 깎아 준대ㅎㅎ

조릿대가 마구마구 세력을 넓혀서 다른 식물들을 힘들게 하던 자리를 정리하고 낡은 초록색 대문을 단 담장으로 바꾸는 작업을 하고 있다.

경사진 곳이라 철제를 사용해서 튼튼하게 기초를 다졌으니 기다렸다가 봄이 되면 벽돌로 마무리하겠지.

담장을 보완하면서 문패도 새롭게 다듬었는데 거기에 엄마가 우리들의 이름을 적어 주었다.

담덕이네 집

앨리와 그레이스

서든리 차콜 왕뻔찌와 꺼비씨

자작나무 오 형제 등등

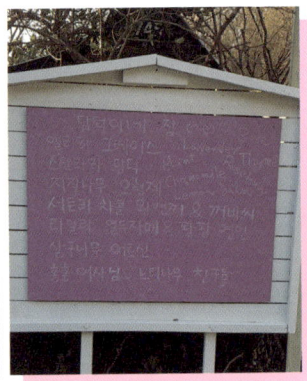

오후에 어떤 분이 궁금해했다.

오하트디는 뭐예요?

엄마가, 홍홍 여사님 옆에 있는 오디나무의 이름이랍니다.

하자마자 네? 홍홍 여사님은 누군데요?

엄마가, 백 살이 넘은 백일홍이랍니다.

ㅋㅋ 질문이 계속되잖아.

누군가는 서든리를, 왕뻔찌를 궁금해하겠지ㅎㅎ

다 우리의 가족들인데^^

정원의 친구들에게 문패 얘기를 더 전해 주고 싶은데 엄마가 들어오라고 하네.

담덕, 얼른 들어와. 엄마는 사람이라서 밖이 춥단 말이야.

난 미닫이문도 잘 열거든.

쓰윽 열고 들어가서 엄마 말 잘 듣고 있다가 저녁에 맛있는 거 먹어야지.

얘들아~ 내일 또 만나자.

술을 무지무지 좋아하는 아빠는 오늘도 밤늦도록 안
들어오시고 프리룸에서 엄마와 나는 Zion.T의 '눈'을
듣는다.

내일 아침 하얀 눈이 쌓여 있었으면 해요
그럼 따뜻한 차를 한잔 내려 드릴게요
계속 내 옆에만 있어 주면 돼요. 약속해요

캄캄한 어둠 속에서 더 신비로운 소나무를 커다란
창으로 바라보며 고즈넉한 밤에게 방해가 되지 않도
록 자그마한 소리로 노래를 부른다.

눈이 올까요 우리 자는 동안에
눈이 올까요 그대 감은 두 눈에
눈이 올까요 아침 커튼을 열면 눈이 올까요

엄마가 속삭인다.
아~~ 담덕, 너무너무 예쁜 노래지?

어쩜 엄마와 아빠는 이렇게나 감성이 다를까?

엄마는 이제 아빠의 술에 지쳐 버렸는지도 몰라.

그러하니 내가 창문 밖으로 고개를 내밀어 아빠를 기다려
본다.

어디쯤 오셨을까?

나를 위한 고기나 전복을 챙겨서 손에 들고, 큰 소리로 스
텔라 스텔라~를 부르며 나타나실 때가 되었는데…

사람들로 북적이는 다른 곳들과는 달리 조용하게 드러나지 않는 엄마의 가게이다

보니 가끔 부동산에서 팔라는 제안이 들어올 때가 있다.

그럴 때마다 엄마는,

이 땅의 자연 친구들에게 물어보아야 돼요. 이곳을 품을 수 있는 마음을 가진 누군

가인지, 이 땅이 허락해야 되거든요.

그리고 여긴 담덕이네 집이랍니다.

봄에 마무리될 담장 아래 화단을 만드는 마음도 똑같다.

힘에 겨워 방치해 둔 절벽 아래로 장화를 신고 내려가서 엄마가 고른 돌들이, 어울

릴 자리에 놓였다.

돌화단 안쪽에 크리스마스 나무를 심을까 한참 고민할 때는 나를 바라보며 엉뚱하

게 웃더니 초콜릿색 벽돌을 깔고 큰 토분들을 놓을 생각이란다.

구상나무를 심어 이곳에 크리스마스트리로 장식하면 황금측백이나 꽝꽝나무가 섭
섭할 수 있을 거야.
화려한 트리가 필요하면 그 친구들에게 먼저 해 주어야 해.
테라스 위쪽에 있는 두 그루의 구상나무로 만족해야겠어.

그런 마음으로 다듬어지는 땅이다.
그러니 21세기를 적응하기가 힘들어 정원 안에 마음속 친구들을 둔 거겠지.
다행인 건 엄마도 나도 고요함과 혼자 있는 시간을 즐긴다는 거다.

겨울비가 다녀간 정원은 푸근하다.

자작나무 오 형제는 새벽에 내린 비를 여름날 소나기처럼 좋아라 했고.

이른 아침 나의 발바닥에 닿는 땅의 느낌은 촉촉하니 부드럽고 소나무 아래 장독대는 말끔하게 목욕을 마쳤다.

홍홍 여사님의 자태는 더 여유로워졌고 아프리카에서 온 쇼나 조각 아주머니는 웃고 있다.

초겨울에 싹둑 자른 갈대들의 밑동은 노래하고 있잖아ㅎㅎ

쓸쓸하게 보일 수 있는 나무의 모습에서 우린 푸릇했던 추억을 떠올릴 수 있고 고독과 인내를 품고 있다는 것 또한 알고 있다.

그건 깊은 사랑으로 존재하는 자연의 품 안에서는 자연스런 모습들인 걸.

사람에 의해 원하지 않는 모습으로 포장되는 나무들의 모습에는 자연스러움이
없다.
돈을 벌기 위해 이기적인 방법으로 가지에 화려한 등을 감아 간판을 돋보이게 만드
는 어리석은 사람을 나무는 연민으로 바라본다.
엄마는 그런 곳에는 절대 안 간다.

딸기 향이 어제부터 베란다에 가득했다.
선물 받은 올해 첫 딸기라며 엄마가 씻어 주었다.
딸기 향은 머릿속에 행복한 생각을 떠오르게 만든다.
아끼려다 짓물러져도 딸기잼으로 다시 만족을 준다.
맛있게 먹은 후에 남은 꼭지에서도 향긋한 향이 오래 남
아 있으니 마음씨도 곱다.
떠올리거나 '딸기'라고 부르기만 해도 기분이 좋아지는
이 녀석처럼 나도 그런 여운으로 남겨지는 반려견이고 싶어라.

밤에는 영하 15도.

낮에도 영하 5도 이상을 거부하는 추운 날이다.

엄마가 이불을 끌어안고 제인 오스틴의 '이성과 감성'에 푹 빠져 있는 동안 나는 곰처럼 겨울잠을 자고 싶었다.

엄마를 처음 만났을 때에는 솟아오르는 진한 열정이 풍부한 감성을 뛰어넘어 곤란할 때가 많았는데, 오십이 넘으면서는 들뜬 열정을 다스리며 앨리너처럼 신중할 때가 많아졌다.

내가 느끼는 엄마만의 평온한 차분함은 상황에 따라 크기만 달라질 뿐 늘 존재했고.

꿈속에서 신나게 뛰어다니노라면 자면서도 나의 발이 움직여지나 보다.

그럴 때면 엄마가 따스한 손으로 내 발을 어루만지며,

담덕이 말 타는구나, 한다.

ㅎㅎ 아닌데.

하늘 높이 날아올라 별과 별 사이를 뛰어다니고 있었는데♡

어제오늘 엄청 추워서 산책을 못 했더니 몸이 찌뿌둥했다.
게다가 유독 추위를 많이 타는 아빠가 심하게 난방을 하는 통에 털북숭이인 나는 발코니에 나가 있곤 했다.

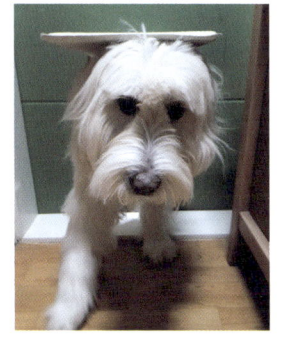

겨울에는 발코니로 나가는 문을 닫아 두기에 나가고 들어올 때는 나를 위해서 만든 작은 여닫이문으로 다닌다.
쉽게 드나들 수 있는 이 여닫이문은 한 살 때 아빠가 나무로 만든 후 광목으로 감싸 주신 것으로 여태 잘 사용하고 있다.

어어~ 내가 좋아하는 로즈마리 향이 나잖아.
머리가 맑아지는 걸.
강추위에 온실 친구들이 염려되었던 엄마가 둘러보러 갔다가 로즈마리를 잘라 온 것 같아.
여닫이문으로 얼른 들어오니, 우와~~ 피아노 위에도 책장 앞에도 냉장고 안에도 보라색 꽃이 핀 로즈마리가 가득하구나.
추위에 움츠러들었던 집안 분위기가 확 달라지네.

2024 1 27 오후 4시

봄날 같은 남해로 왔다.

가족 여행은 언제나 즐겁고

완전체로 다 같이 모이면 우린, 그냥 행복하다.

굳이 해마다 남해로 오는 건, 가족들이 나랑 같이

편하게 쉬며 즐길 수 있는 숙소가 이곳에 있기 때문이었는데

이젠 잔잔하고 평화로운 남해의 매력에 푹 빠져 버렸다.

아빠와 형아들의 일정에 맞추어

하루는 엄마가 작은형아랑 시간을 많이 보내고

하루는 가족들이 다 같이 관광하고 쇼핑하며 하하하~~

하루는 엄마가 큰형아랑 많은 얘기를 나누려 하고

하루는 엄마랑 나랑 둘이서만 보내기로 했다.

숙소에 가기 전 먼저 들르는 바람 흔적 미술관 또한 정겹다.

벌써 오래전 내가 태어나던 해에 왔을 때에는,

중학생이던 작은형아가 미술관 옆에 있는 커다란 호수에

네스호의 괴물이 도망 와서 살고 있다고 겁을 주기도 했었다ㅋㅋ

아난티가 힐튼이었을 때부터 십여 년 넘게 온 나는

옹달샘 언어가 들리나요? :담덕이의 일기

이곳의 산책로를 경주의 보문호수만큼이나 훤히 알고 있다.

엄마가 동백나무에게 인사하는 동안

하부지가 된 나는 미소를 보내 주었다.

2024 1 28 밤 9시 20분

귀여운 송원이가 엊저녁에 우리가 머무르는 남해로 왔다.
송원이 나이에 송원이 엄마인 동미 누나의 고모가 된 스텔라 엄마를 송원이는 고모할머니라고 부른다.
그렇게 적은 나이 차이로 형성된 관계로 인해 송원이는 또, 삼촌인 큰형아를 큰오빠라고 부르며 무지무지 좋아해서 큰형아만 보면 옆을 떠나지 않는다.
외삼촌은 분명 하늘나라에서 손녀딸과 우리들을 보며 함박웃음을 터뜨리실 거다.

형아들이랑 같이 워터 하우스에 가고 이터널저니 서점에 가는 동안 따라가지 못하는 내가, 궁금해하며 밖에서 유리문 안쪽을 바라보고 있었더니, 송원이가 조그만 종이에 형아들이랑 내가 같이 있는 그림을 그려 두고선 오후에 떠났다.
내일 출근해야 되는 작은형아도 저녁에 떠났다.

이곳의 바닷바람은 포근하게 와닿는데 왜 갑자기 울컥하는 걸까?
동백나무를 따라 느릿느릿 밤 산책을 하다가 잰걸음으로 다가와 나를 안아 주는 엄마 마음도 같아 보여.
이젠 내가 엄마를 먼저 안아 주고 싶네.

230

월요일이 무척 바쁜 아빠는 아침 일찍 대구로 출발하셨다.
큰형아랑 늦은 아침을 먹은 후 여유로이 바닷가 산책을 하고 돌아오니 어랏, 숙소
입구에 야무진 고양이가 떡하니 버티고 있잖아.
우린 너를 '야무진'이라고 부를까 해.

야무진.
너는 나를 그다지 무서워하지 않는구나.
우리에게도 사랑스런 야옹이들이 있단다.
나를 무서워하는 그 녀석들이 내가 없는 동안 정원을 마음껏 차지하고 있을 거
야ㅎㅎ

엄마는 속 깊은 큰형아와 많은 얘기들을 나누었다.
형아가 자연 속 우리의 터전에서 감성을 펼치는 일을 하길 바라며 기다리고 있다
는 걸 나는 알고 있지.

이곳에 오면 꼭 들르는 서점에서 형아가 엄마에게 책을 선물하며,
그냥 '가을'이라는 제목만 보고 골랐는데…
남해가 엄마를 아끼는 것 같아요.
엄마가 남해를 닮았거든요.
엄마랑 산책하며 마음이 풀어지니 가을이 와닿았어요.

엄마는, 풀어져? 하려다가 옅은 웃음으로 만족을 표하는 듯했다.

ㅎㅎ 여행지에서 구입한 책에는 그곳의 향기와 그 순간의 추억이 담겨 있지.

이 책을 펼치면 형아의 낮고 따스한 목소리가 들릴 것 같은 걸.

어쩌면 형아의 겨울에 엄마의 가을, 9월을 담고 싶었을지도 몰라.

여행지에서 엄마랑 둘이만 있는 오늘.
엄마가 원했던 시간이란 걸 나는 알지.
방해받지 않고 우리의 느낌대로 즐기는 평화로운 하루가
수백 번의 날들을 지탱하게 해 주는 힘이 될 터이니.

엄마가 원하는 시간에 먹는 온종일 한 번의 밥은 소박하고
차와 부드러운 빵, 책 그리고 산책 다녀와 따뜻한 목욕 후에
가지는 조용한 시간들에 우리는 더없이 만족스런 웃
음을 짓는다.

고립된 로즈마리가 아니었구나, 반가워.
슬프지 않게 있어 주어 고마워.

동백나무 아래에서 평온하게 지내는 로즈마리에게
건넨 인사말이 가장 커다란 소리였으니.

산책길에 만난 남해의 푸른 햇살과
인정 많은 나무들이
오랜 시간 한결같은 우리의 소망을 축복해 주었어.
느낌으로 연결되어 있으면 통하거든.

담덕이의 옹달샘 언어가 들리나요?

엄마의 손길도 나에겐 옹달샘 언어랍니다.

뭉게구름을 닮은 바람과 반짝이는 바다가 전하는 미소 역시

우리에겐 옹달샘 언어랍니다.

바람을 타고 춤을 출까?

그건, 경쾌하다기보단 삶이 웃는 순간에 머무르는

해탈한 웃음의 여운 같은 거거든.

옹달샘 언어가 들리나요? : 담덕이의 일기

하얗고 보드라운 순수가
세상으로 흩어져

신문지에 싸서 항아리에 묻어 둔 배추와 무
그리고 점심때 된장에 지져 먹을 묵은지를 꺼내는
엄마를 따라 김장고 옆에 있으려니,
푸근한 겨울 날씨에 흥겨워하며 노는 동물의 움직임
이 느껴졌다.
야옹이들인가 싶어 가까이 다가가 보니 담비들이었다.
나무를 흔들며 놀다가 나를 보더니 쏜살같이 산으로
달아나네.

얘들아.
난 차콜이 염려되어 너희들에게 부탁할 게 있었어.
그 애는 여리고 착한 고양이인데
혹시라도 너희들이 괴롭히면 안 되거든.
너희들이 부쩍 자주 나타나면서 차콜이 안 보인단
말이야.

내가 좋아하는 배추전을 엄마가 부쳐 주어도
차콜 생각에 얼른 일어나고 싶지 않아.
차콜은 어디에 있을까?

2024 2 4 오후 3시 30분

엄마가 난롯불에 고구마를 굽는 동안 나는 낮잠을 자고 싶었다.
네모나게 개켜 둔 이불을 이리저리 펴서 내가 원하는 대로 누웠지.

고구마가 익는 동안 정원을 둘러보느라 시린 발을
난롯불에 녹인 엄마가 다가오는 것 같아.
잘 익은 군고구마의 달달한 냄새가 가까이 느껴지잖아.
군침을 삼키며 일어나니 배춧잎부터 주시네.
자고 일어나서 바로 고구마를 먹으면 체할까 봐 그러시는 거야.

오구오구 맛있어라. 배추도 아삭아삭 다디달구나.
우유에 말아서 고구마도 먹어야지.

2월 ✽ 하얗고 보드라운 순수가 세상으로 흩어져

아침에 눈을 뜨면 덮인 나의 귀를 열어 후우~ 바람을 넣어 주며 잘 잤니? 엄마의 따스한 손으로 내 몸 구석구석을 만져 주며, 이제 응가하러 가자.

그렇게 여느 날의 아침과 똑같았는데 갑자기 큰 소리로,
담덕 생일 축하해~♡
후후, 기억하고 있었구나.

은근히 따뜻한 맘을 느끼게 되는 빈티지 향 이모가 가져다준 가래떡과 누룽지에 황태채를 넣은 미역국을 엄마가 끓여 주었다. 간을 전혀 하지 않고 나만을 위해 죽처럼 만들어 주는데 엄청 맛있다.
늘씬하고 선한 미소, 어떤 모자든 잘 어울리는 선영앤 이모가 라벤더 사이에서 스누피랑 있는 나의 얼굴이 그려진 생일 케이크를 보내왔다.
할 줄 아는 게 넘쳐나는 그레이스 소영 이모는 풍선으로 만든 꽃다발을 들고 며칠 전 귀엽게 나타났었다.

우유로 만든 아이스크림 케이크에 옥수수로 만든 엄마표 폭신한 케이크, 내가 좋아

하는 토마토와 사과, 배는 큰형아의 선물 그리고 어제 아빠가 사 오신 갈비로 차려

진 생일상.

방금 작은형아가 전화로 열두 살 생일을 축하해 주었다.

늘 한결같은 사랑, 모두모두 고마워요.

엄마가 가게 일을 하는 동안 계단에서 기다리곤 하는 내가 하부지가 되니, 지난해 가을부터 오후 1시부터 엄마가 편하게 할 수 있는 시간까지만 가게를 한다.

엄마가 챙기는 밥으로 매일이 건강해진다는 아빠의 식사 시간과 집안일, 정원 일을 하면서 나의 산책 거기에 가게 일을 하려다 보니, 12살이 된 나와 더 느슨하게 시간을 가지고픈 엄마가, 선택한 방법이었을 거다.

여름에는 아침 7시쯤, 봄가을에는 8시 반쯤 하던 산책을 추운 겨울에는 기온이 조금 훈훈해지는 10시 반쯤에 한다.
계절에 따라 달라지는 나의 산책 시간에 맞추어 엄마가 매일 하는 일들의 순서도 바뀐다.

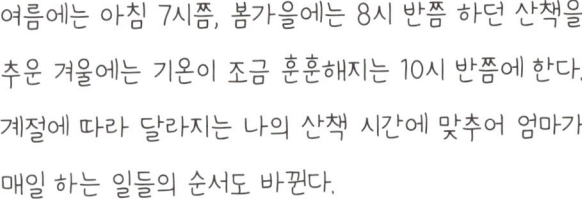

침대를 좋아하는 나를 위해 오르내릴 때 관절에 무리가 가지 않도록 나무 계단을 받쳐 주네.
키가 높은 차에 오르내릴 때에도 마찬가지다.
차 높이를 고려해 만든 야외용 나무 계단을 가져와 늘 받쳐 주고 다른 경우에는 나를 업거나 안아 준다.
나의 덩치와 상황을 고려해 만들어진 나무 계단들은 다 아빠가 직접 만드신 것이고.

산책할 때면 낯선 냄새를 확인하느라 멈추고 산에서 들리는 동물들의 소리를 확인하느라 또 멈추어도 기다려 준다.

갈증이 생기려 하면 엄마가 미리 알고 물을 챙겨 주며,

지금 이 순간 담덕이가 물을 먹는 것보다 중요한 것은 없단다. 그러니 천천히 마시렴.

형아들도 마찬가지다.

사랑하는 내 동생.

너보다 더 멋진 아이는 본 적이 없단다.

형아가 장가가서 아빠가 되면 아기랑 또 산책하자.

우리가 널 지켜 줄 거야.

가족들이 나의 옹달샘 언어를 알아듣는다는 걸 알고 있지.

웅얼웅얼. 어어어. 어 어우우우.

고마워요. 사랑해. 늘 사랑해요.

'금강산도 식후경'이라지만, ㅎㅎ세뱃돈은 먼저 받고 떡국을 먹어야, 그 맛이 풍성하게 와닿는 걸. 큰형아를 위해 같은 자리에서 기다려 주는 기특한 꿈을 담은 세뱃돈 봉투는 신나게 뛰어가다 주춤, 웃으며 걸어가고 작은형아의 세뱃돈 봉투는 날아들 듯 품에 안기는 것 같았어. 그도 그럴 것이 작은형아의 꿈은 점점 세련되게 나아가거든.

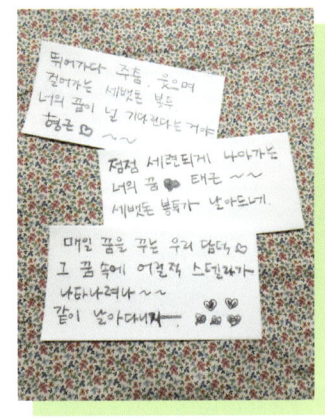

나의 세뱃돈은 매일 꿈꾸게 해 주는 가족들♡
떡국을 좋아하는 나를 위해 간을 하지 않고 끓인 후 달걀 고명과 무전을 썰어서 올려 주셨어.
엄청 맛있었지.

작은형아가 가족들에게 만년필을 선물했는데 각자 다른 의미의 영어가 새겨져 있네.

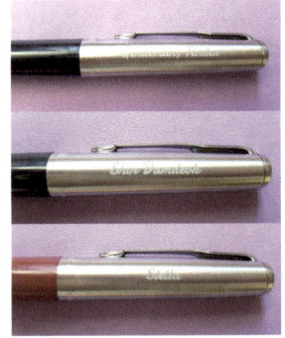

엄마에게는 Stella
아빠께는 Gentleman, Tender
큰형아에게는 Cho, Chairman
나는 Shin Damdeok

나의 만년필은 엄마가 내 책에 사용할 것 같아.

푸하하~~

아빠는 tender에 담긴 형아의 깊은 뜻을 눈치챘으려나^^

그 뜻처럼 슈렉 아빠가 부드럽게 상냥해질까?ㅋㅋ

아빠를 제외한 우리들은 같은 생각으로 의미심장한 웃음을 공유하며 우리가 좋아

하는 경주에서 설날을 이어 가고 있다.

큰형아가 집에 머무르는 아침이면 으레 그 자다 일어난 부스스한 머리와 반쯤 감긴 눈으로 피아노 앞에 앉는 걸 볼 수 있다.

형아가 고등학생일 때에는 학교 다녀오자마자, 한밤중에도, 새벽에도 마구마구 피아노를 쳤었다.

사실 형아가 피아노를 잘 연주하는 편은 절대 아니다.

바람이 부는 날은 형아 마음에도 바람이 불어서,

비가 오는 날은 형아 마음에도 비가 와서,

슬픈 날은 너무 슬퍼서,

심심한 날은 너무 심심해서,

피아노 앞에 앉는 형아를 옆에서 오래오래 지켜보며, 형아에게 피아노는, 마음이 통하는 친구라는 걸, 알 수 있었다.

그 친구를 애써 잘 연주하려는 신경도 안 쓰고 노력도 안 하기에, 그 덕에 스트레스를 받지 않으며 언제든 편하게, 자신을 받아 주는 피아노 앞에 앉을 수 있는 거겠지.

오늘 아침에도 축 늘어진 흰 티를 입고 잠이 덜 깬 곰돌이 푸 같은 통통한 모습으로 피아노 앞에 앉았다.

나는 큰형아의 그 모습을 사랑하기에 어떤 곡

을 어떻게 틀리며 연주하든 잘 감상해 주는 편이다.

겨우내 추위를 잘 견딘 온실 속 제라늄을 보러 가는데, 큰형아가 들려주던 음들이, 설 지난 후 부드러워진 햇살의 미소가 되어, 내 발걸음 위로 쏟아지고 있었다.

자연이 주는 영양분을 듬뿍 받으며 제대로 익을 새도 없이 사람의 이기적인 계산으로 어설프게 뚝 잘려 불안하고 불편하게 익으며 판매되는 과일들이 많다.
엄마 품에서 알차게 여물 기회를 빼앗겨 버린 과일들은 속이 허한 채 사람의 눈에만 예쁘게 보이도록 포장이 된다.
우리는 가지에서 줄기에서 자연스레 성숙한 과일의 맛을 얼마나 알고 있을까?

동물들도 그렇다.
강제로 임신과 출산 후 강제로 어미와 새끼가 이별을 해야 되고 사람들의 잣대에 의한 쓸모가 없어지면 사라져야 되는 경우도 있다.
어떤 양심들은 동물들의 해맑은 눈동자를 마주하기가 두렵지 않을까?

아랫동네의 도로변에 갇혀 있는 개는 지나가는 차들을 늘 슬픈 눈빛으로 바라보고 있다.
그 옆에는 천막 아래 주인의 비싼 차가 소중하게 모셔져 있는데 시동을 걸면 배기구의 매연이 그 개에게 향하도록 주차되어 있다.
그 길을 지날 때마다 마음이 편치 않아 조심스럽게 살짝만 보며 행운이 찾아오길 기도한다.

이젠 기억조차 희미한 나를 낳아 준 엄마와 두 달이 채 되기 전에 떨어져서 낯선 집으로 가야만 했었던 나는 신체상의 어떤 이유로 내가 무척 마음에 들지 않았던 그

분들이 파양한 덕에 스텔라 엄마를 만날 수 있었다.
예쁜 행운이 나를 발견한 덕분이다.

사람의 삶이 다 소중하듯 동물들의 삶도 존중받아야
한다.
사람들의 이기적인 판단과 욕심으로 두려울 때가 많
지만, 분명 날개를 감춘 천사가, 자연 속에서 같이
어우러지는 세상을 꿈꾸는 생명들을 위해, 움직이고
있다고 믿고 싶다.

2024 2 16 오전 7시

눈꽃으로 상처를 덮어 버린 나무.

그 나무 위에 앉은 새들이 움직일 때마다

하얗고 보드라운 순수가 세상으로 흩어진다.

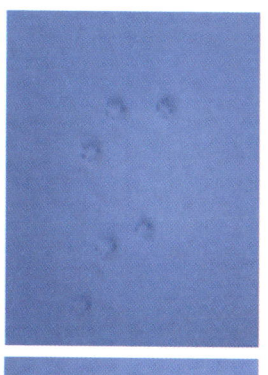

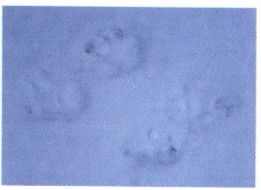

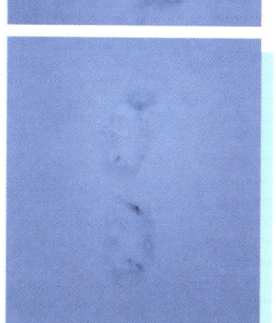

눈 위를 다녀간 야옹이들의 발자국.

나란히 찍은 내 발자국은 다정하고 싶어라.

그네 앞에는 왕뻔찌.

벚나무 길에는 차콜.

푸근한 겨울눈이 대나무 숲에서 두두두~

들뜬 봄비가 되는 순간,

도도한 공주님 서든리의 발자국은 금세 사라져 버리네.

2월 ✽ 하얗고 보드라운 순수가 세상으로 흩어져

내가 오기 전에는 청소기를 거의 사용하지 않았다고 한다.

엄마는 하루에도 여러 번 청소기를 돌리거든.

그럼에도 털북숭이인 나의 하얀 털이 곳곳에 스며들어 있지.

엄마가 입는 원피스의 등 쪽에도 어떠하든 내 털이 한두 개는 늘 붙어 있는 편이고

다른 가족들의 옷이나 이불에도 당연하게 붙어 있지.

이제 가족들은 털을 굳이 떼어 낼 생각도 않고 씨익~ 웃으며,

담덕이 거야ㅎㅎ

엎드려 있는 내 앞에 청소기를 돌리며 엄마가 다가오면서,

네 탓은 아니란다.

사랑스런 우리 늦둥이가 털이 많을 뿐^^ 하네.

내가 아기였을 때에는 형아들이 내 털로 베갯솜을 만들려고 일 년 넘게 모은 적도

있었어.

한 번씩 엄마와 불협화음인 아빠의 울퉁불퉁한 말들이 쏟아질 때면 엄마가 세탁기

에 세탁물을 왕창 넣으며,

어휴, 저놈의 성질머리하고는.

세탁기였으면 벌써 수십 번은 바꿨을 거야, 한다.

청소기가 나에게 다가온다.

저 청소기가 아빠의 못난 말들을 다 쓸어 담아 쓰레기통에 비워 버렸음 좋겠어.
봄을 응원하듯 촉촉하게 내리는 포근한 비에 아이리스와 튤립, 수선화, 데이지, 바
이올렛, 목련 등이 기지개를 켜는 이 아침의 차분한 모습을 볼 수 있는 파릇한 마
음을 아빠가 가진다면, 잔소리가 쑥스러워질 텐데…
아빠의 심장에 꽃을 그려 주고 싶어.

엄마가 알아차렸다.

어두운 곳에서 내가 예전보다 사물을 잘 파악하지 못한다는 것을.

계단을 내려갈 때 어렴풋한 웃음으로 망설이고 있으면 아빠는 손짓을 하며 재촉하셨다.

엄마는 전혀 달랐다. 처음에는 나이가 들어 나의 다리 관절이 약해진 탓에 주춤하는 줄 알고 살며시 붙잡아 주셨는데 흐린 날 산책길에 웅크린 채 내 앞에 있는 고양이를 바로 알아차리지 못하고 주변에서 코를 벌름거리자 바닥에 주저앉으며 엉엉 울었다.

안경을 쓰면 엄마 마음이 덜 아프려나?

예전보다 선명하게 보이진 않지만 아직은 그럭저럭 괜찮은데…

이제 계단을 내려갈 때면 엄마가 바로 한 칸 아래에서 나를 보호하며 한 칸씩 한 칸씩 같이 내려가고 어두운 곳을 지날 때면 바로 불을 켜 주신다.

순두부 국물에 정성 가득한 아홉 가지 나물, 고사리, 도라지, 시금치, 콩나물, 무, 시래기, 취, 고구마줄기, 표고버섯과 오곡으로 대보름 밥을 준비하는 엄마의

눈에 눈물이 계속 맺혀 있었다.

혹시나 눈이 완전히 안 보이게 된대도 나는 엄마를 마음으로 볼 수 있어.

속으로 삼키는 엄마의 눈물은 진한 사랑으로 내 마음에 흐르거든.

용기를 낸 가냘픈 움직임

약함을 나누는 목소리에

부드러움이 듬뿍 묻어나는

희망을 보여 주고 있었어.

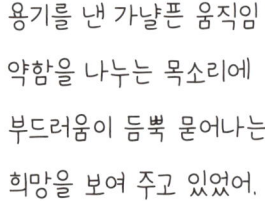

2월의 끄트머리에 내리는 눈은

성숙한 모습으로, 이런저런 이야기들을

밤새 끄덕끄덕 들어 주며

봄을 축복하고 있었거든.

그 축복 속에

어떤 매력이 다가올 것 같아.

자정이 다가올 무렵, 자기 전 마지막 쉬야를 하기 위해, 마당으로 나를 데리고 나가며 엄마가, 밤하늘을 향해 속삭였다.
별이 빛나는 모든 밤에, 시리도록 슬픈 아름다움으로 존재하는 저 반짝임은, 고흐의 영혼이란다.
그래서 나도 같이, 밤하늘을 올려다보았다.

텅 빈 풍요로움을 드러내려다 더 외로워지는 세상이, 뒤늦게 고흐의 열정 넘쳤던 고독에 탐닉하는 것을, 그는 좋아하려나?
우리 안에서 정직하지 못한 순수를, 그의 작품에 다가가면, 만날 수 있다.

까마귀가 날고 있는 밀밭
별이 빛나는 밤
회색 모자를 쓴 자화상.

손 한쪽을 지지고
왼쪽 귀를 자르고
모자에 여러 개의 초를 달고

2월 ✶하얗고 보드라운 순수가 세상으로 흩어져

한밤중에 풍경화를 그리러 가는 고흐가

이 밤의 어딘가에 있을 것만 같아.

열두 번의 설렘,
더 소중하게, 봄

그냥 소중해.

그냥 사랑스러워.

엄마가 알려 준 행복, 그냥.

소중한 엄마도 사랑스러워, 그냥.

2024 3 6 밤 9시 10분

겨울에 눈이 내리면 엄마가 그 눈을 퍼서 화단에 듬뿍 올려 주곤 했었다.

수분을 보충해서 더 건강해지길 바라는 마음이었겠지.

잔뜩 흐리더니 봄비가 그 화단을 적시고 있다.

겨울의 여운이 남아 있는 3월 초에 비가 내리면, 아끼다 남겨진 누런 할머니 호박으로 전을 부쳐, 칼국수와 같이 먹고 싶어진다.

나는 엄마를 닮아 호박전과 칼국수를 무척 좋아한다. 물론 엄마가 나를 위해 간을 하지 않고, 신경 써서 준비해 주는 호박전이어야 하고 당근과 배추를 잘게 썰어 넣은 칼국수여야 한다.

아빠는 수육이 생각난다 하셨다. 그래서 칼국수에 호박전과 수육이 곁들여졌다.

엄마가 따로 준비해 준 호박전과 수육을 순식간에 먹고 은근히 향기로운 올해 첫 참외도 맛보았다. 참외는 껍질이 얇고 크기가 작은 것이 맛있다.

빗소리를 들으며, 엄마는 변화를 주려는 정원의 화단을 그려 보고 나는 그 옆에서 편하게 쉬고 있다.

비 내리는 3월의 밤이, 평온하다.

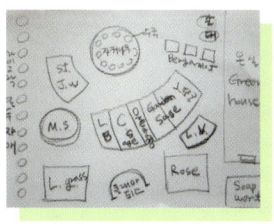

주민등록증 재발급을 위해 동사무소에 갔다가 지문이 읽히지 않는다는 얘기를 들어도 엄마는 예사롭다.

십여 년보다 훨씬 전부터 그랬으니까.

오른쪽 엄지, 왼쪽 엄지, 오른쪽 검지…

그렇게, 남아 있는 지문을 찾아야 한다.

지문이 지워질 동안, 다행히 엄마의 행복했던 시간들은 지워지지 않았기에, 엄마가 사라지지 않고 지금 우리 옆에 있는 것 같아, 다행이다.

엄마는 '신담덕'으로 예약을 할 때가 많다.

물론 신담덕은 엄마 성을 따르는 내 이름이고, 식당에서 '신담덕 님' 하고 확인하면 엄마는 "네"라고 대답한다ㅋㅋ

3살이 되었을 때에는 나에게도 주민등록증을 만들어 주었다.

130206-1803747

130206 2013년 2월 6일에 태어나서

1 남자아이라서

803 팔공산에 살아서

747 우리 집 주소 뒷자리

엄마가 노후를 위해 모아 둔 돈을 헐어 엄마 이름으로 된 회원권을 구입했다.

여태는 반려견인 내가 갈 수 있는 여유로운 숙소가
있는 남해에 갈 때마다, 아빠와 남해에 사는 멋진
정수 삼촌의 도움을 받았었는데, 이젠 도움이나 누구
의 어떤 일정에도 매이지 않고, 나와 떠나는 여행이
필요했던 거다.
더 미룰 수 없는 건, 내가 12살이기 때문일 것이다.
그러니까 나와의 시간들을 추억으로 담을 곳으로 정한 남해의 여행지를 위해, 엄마
가 결정한 선택이다.

담덕. 지금, 행복해야 해.
더는 미룰 수 없어.
너는 하부지고 나는 하무니가 되고 있으니까.
우린 지금 설레는 것을 해야 해.

팔공산에 살면서 백화점에 가서 쇼핑 한번 제대로 해 본 적 없는 엄마가 눈가의
주름을 의식하지 않고 활짝 웃으며 말했다.
사라져 버린 지문에 연연해하지 않는 행복이 전해지고 있었다.

산책 다녀온 후, 말없이 화단의 흙을 고르는
엄마의 뒷모습을 보며 드는, 똑같은 생각.

어쩔 줄 몰라 하며 짧은 줄에 불안하게 묶여 있는 녀석은, 몇 번을 안아 주어야,
진정으로 안심하며 포근한 잠을 잘 수 있을까?
방치되어 있는 녀석의 주인은, 무지하면서도 어떠하든 목소리 높이는 주인이고, 녀
석은 게다가 어리고 여리다.

마음이 이끌려, 일부러라도 둘러서 지나가게 되는 그 길 아래에서, 녀석은 우리를
기다린 듯, 멀리서부터 꼬리를 흔든다.
그 순수한 녀석을 위한 간식을 따로 챙기며, 우리의 마음은 간절하다.

어떻게 하면 너의 눈빛에, 확실한 희망을 줄 수 있을까?
너의 내면에, 슬픔 대신 우주로 열린 생기를, 불어 주고 싶구나.

수선화를, 크로커스를 웃게 하는 건 간단해.

이른 봄 아직 찬 땅을 헤치고 씩씩하게 고개를 내민

그 예쁜 얼굴을, 가만히 바라보며 응원하면, 되거든.

큰형아를 웃게 하는 건 간단해.

살며시 안아 주며, 예비군 훈련 가는 길 배웅해 주면, 되거든.

이제부터는 하얀색 그대로 살 거라며, 흰 정수리를 까맣게 염색하지 않은 채 미용실에 가서 머리를 짧게 자르고 온 엄마가, 나에게 살짝 속삭였다.

사실 조금 두렵긴 해.
내 모습이 낯설거든.

봄볕이 따가운데도 그린 게이블즈 뒷문에서 자작나무에게로 가는 길 바닥에 두어 시간 벽돌을 깔고, 이제 곧 온실에서 나올 화분들에 가득한 잡초를 뽑다가, 다시 나에게로 와서 속삭였다.

이제 너랑 나랑 화이트 커플이 되는 거야.
하얀색이 될 나의 머리를 너는 예뻐해 줄 거지?

ㅎㅎ 그럼 그럼요.
근데 슬퍼할 작은형아의 얼굴이 떠올랐다.
지난 일요일날 형아들이랑 서점에 갔을 때, 작은형아가 그 큰 키로 엄마의 하얘진 정수리를 굽어보고는, 눈시울이 그렁그렁했던 걸, 나는 알고 있기 때문이다.

시들한 프리지아를 웃게 하는 건 간단해.

노란색의 여운을 품위 있게 저장해 주는

도자기 화병으로 옮겨 주면, 되거든.

늦잠 자는 작은형아를 웃게 하는 건 간단해.

옆에 같이 누워 푸근한 기상 알람이 되어 주면, 되거든.

아직 서성이는 꽃샘추위를 매화꽃이 다독이고 있다.
정원에 매화꽃이 폈으니, 이제 곧 탐스런 목련이, 애잔한
살구꽃이, 앨리와 그레이스 아래에서 벅찬 티타임을 선
사할 벚꽃에 감탄하다가, 설레는 라일락 향에 아침잠
을 깨겠지.
흐리고 바람이 세찬 오후에 엄마는, 자작나무 길 아래
에서 생각을 냅두며 하나씩 벽돌을 깔다가, 문득 나를
바라보았다.

정원의 봄을 마주하는 게 귀찮아지며 낮잠이 길어지고, 원하는 만큼 몸이 익숙하
게 움직여지지 않는, 지금의 그저 그런 나를, 따뜻한 품으로 안아 준다.

지금의 담덕이는, 지금 이대로 충분히 사랑받을 자격이 있다며, 엄마가 계속 어루
만지고 안아 준다.

그래서 우리 집 정원의 봄이 질투한다.
정원에 머무를 엄마의 시간들이 계절에 상관없이 나를 바라보기 때문이다.

그레이스 소영 이모가 엄마가 나를 업고 있는 그림을
스템프로 만들어 왔었다.

빈티지 향 이모는 허브차를 담았던 병들을 열탕 소
독해서 뽀드득 소리가 날 듯이 모아서 가져왔었다.

며칠 전에는 선영앤 이모가 연분홍색 스토크를 한 아
름 안고 봄이 되어 나타났었다.

그렇게 그윽한 느낌들이 전해지는 하루하루가 쌓이고 있다.

파프리카와 양배추에 닭가슴살을 곁들인 아침을 엄마가 준비해 주었다.

맛있게 먹은 후 온실에서 밖으로 허브들을 옮기는 엄
마를 따라다니다가 레몬 타임에게,

밖으로 나오니 좋지?

인사하며 하늘을 보니,

까마귀가 자작나무 꼭대기에 앉아 우리를 보고 있
었다.

또다시 봄.

반가워, 봄.

열두 번의 설렘.

또 또 또, 봄?

너는 알고 있는 미소.

그러니 더 소중하게, 봄.

2024 3 27 밤 9시

엄마랑 남해에 왔다.
미애 이모도 같이.

바닷가를 산책하고
이곳의 터줏대감 고양이를 만나고
욕조 물에 라벤더 소금을 풀어 피로를 날리고
동백꽃과 목련이 핀 길을 따라 또 밤 산책을 하고

오후 내내 이모랑 수다를 떨며 웃더니
엄마는 유자 막걸리에 취했다.
이모는 소파에서 책을 읽고
나는 그 옆에서 스르르 졸린다.

우리 집에서 10분 거리에 정감이 가득한 온천이 있는데 엄마는 일주일에 한 번 이 곳에 가는 걸 무척 좋아한다.
나를 데리고 가기도 하는데 오늘처럼 아빠가 집에 계시는 시간에 다녀올 때면 나를 두고 살짝 다녀오는 편이다.

한 시간쯤 지나면 엄마가 돌아올 걸 알면서도 미닫이문을 조금 열고선 기다리고 있었다.
드디어 주차하는 소리가 들리고 젖은 머리 그대로 엄마가 급하게 들어오네.

담덕, 엄마 왔어.
우리 목련 보러 갈까?

자주색 목련은 아직 봉오리가 맺혀 있는데 흰 목련은 활짝 폈구나.
목련의 함박웃음에 나도 행복해지네.
엄마는 좋아하는 노래(이상은의 '언젠가는')를 흥얼거리고 나는 익숙하게 이 순간을 즐기고 있어.

젊은 날엔 젊음을 모르고
사랑할 땐 사랑이 보이지 않았네

하지만 이제 뒤돌아보니

우린 젊고 서로 사랑을 했구나

내가 열 살이었을 즈음부터 아침에 정원을 산책할 때면 엄마가 애잔한 눈빛으로 마당 곳곳을 살피는 것을 알고 있었다.

함께하는 모든 시간들에 우리의 사랑이 따스하게 머무를 장소를 그렇게 고르고 골라 엄마가 정한 어떤 자리가 나는 마음에 든다.

어떠하든 흙으로 돌아갈 생명이니까.

앨리와 그레이스를 마주하고 홍홍 여사님의 그늘이 부드럽게 와닿는 자리.

가족들이 이 층에서 언제든 내려다볼 수 있는 자리.

햇볕이 잘 들고 바람이 자유로이 지나가는 곳이라 갑갑하지 않은 자리.

엄마가 야와 수돗가에서 화분을 씻고 왔다 갔다 하며 식물들을 챙기는 소소한 일상이 다정한 자리.

그린 게이블즈 창문으로 가족들의 웃음소리가 들리는 자리.

자작나무 오형제 너머로 정원이 내려다보이고 서든리가 사는 대나무 숲이 펼쳐지는 자리.

장독대 옆 다일리아가 어여쁘게 보이는 자리.

라일락과 아이리스가 울타리가 되어 주는 자리.
라벤더들이 주변에서 편안함을 주는 자리.
무엇보다 엄마와 내가 늘 만날 수 있는 자리.

나의 자리를 정한 후 엄마가 커다란 화분을 놓고 주변을 다듬
으며 눈물을 흘리는 것을 보았다. 뜨거운 무언가가 엄마의 가
슴에서 나에게로 전달되었고 고마워하며 떨리는 나의 무언가
가 다시 엄마에게로 전달되었다.
우린 서로 입을 꽉 다문 채 미소를 띠며 담담할 수 있었다.
엄마는 오늘도 사랑으로 이 공간에 미리 보호막을 치고 있다.

라일락 향이
익숙하게 스며들면

살구꽃이 폈다.

살구꽃은 찹쌀에 진달래꽃을 올린 화전을 닮은 것
같다.

앙증맞고 야무진 분홍색 꽃들이 가득 피니

두 그루의 살구나무 어르신들이 뿌듯해하는 것 같다.

그 아래에서 황금측백에게 다가가 쉬야를 하고

온실에서 방금 나온 라벤더에게로 갔다.

음~

부드러운 향이 전해지는 걸.

엄마가 내일 잉글리쉬 라벤더를

살구나무 앞 화단에 심을 거라고 한다.

환하게 젊어진 살구나무 어르신들에게 뛰어가

내일부터 편안한 향이 가까이에서 느껴질 거라고 알

려 주었다.

2024 4 4 오후 4시

이 층 창문을 열면
꽃들이 날아올랐어.
벌들은 둥둥 떠다니지.

앨리 안녕?
그레이스 안녕?
새침하게 예쁨을 준비하는구나.

그 모습도 너무 사랑스러워.
작은형아랑 모른 체~ 지나치며,
미소를 보낸단다.

2024 4 7 오후 3시

앨리와 그레이스가 활짝 폈다.

우리들의 웃음도 활짝 폈다.

반가운 얼굴들.

즐거운 티타임.

278

엄마 등에 달린 날개는 나에게만 보여.

든든한 웃음이거든♡

유니세프 소식지에 '마음에도 돌봄이 필요해요'라고
적혀 있네.
끄덕 끄덕.
떨어진 목련 꽃잎도 돌봄이 필요했어.
다알리아 꽃잎도 돌봄이 필요해.

바람 따라 날아가는 벚꽃 잎에 찬사를~~
꽃비가 날리는 애잔함 속에서, 앨리와 그레이스가
되레 우리의 마음을 다독여 주니, 그 여유로움에 또
뭉클해지네.
엄마의 말들이 바람에 날리는 꽃잎이 되고 있어.
풍성하게 모여 있던 함박웃음이 연분홍 미소가 되어
하나하나 흩어지는 순간이면 차라리 눈을 감아 버리
던 엄마가, 그레이스의 커다란 줄기를 안고 속삭였어.
사랑해, 사랑해.

언젠가 내가 사라진 후의 4월에는, 엄마를 향한 더
따뜻한 돌봄을 너희들에게 부탁해도 될까?
우리가 매일 너희들에게 사랑의 인사를 전하는 마
음처럼.

꽃잎이 떨어지고 앨리와 그레이스의 버찌가 열리는 건 저절로 되는 게 아니야.
속으로 인내하며 삼킨 쓰디쓴 아픔을 부드럽게 승화시켜 아름드리 그늘을 드리우는
건 저절로 되는 게 아니야.

로즈마리가 노지로 나오면서 겨우내 로즈마리가 있던
온실 자리에 엄마가 토마토를 위한 막대기를 설치했다.
그다지 크지 않은 온실이다 보니 요령껏 활용하는 거다.

올리브 나무 아래에서는 아기 바질들이
통통한 잎을 보여 주고 있다.
음~~ 바질 향♡

엄마가 바질 잎을 뜯어 토마토와 생모차렐라 치즈에
올리브오일을 살짝 뿌려 주었다.
ㅎㅎ 나는 바질과 토마토를 무척 좋아해.
오구오구 맛있어라.
내일 아침에 또 바질에게 달려가 고맙다고 인사해야지.

영산홍 봉오리가 진다홍 왕관을 쏙쏙쏙 보여 주고 있다.

포근한 하늘과 부드러운 구름, 바람에 살랑이는 나뭇잎의 수줍은 연두색 사이로 지치지 않은 햇살이 설레고 있다.

지난겨울부터 신경 쓴 담장이 마무리되었다.

추운 날 엄마가 바닥에 벽돌을 깔고 날이 풀리자마자 아저씨들이 와서 일하는 것을 내내 지켜보았다.

엄마가 예뻐라~ 하는 낡은 초록색 철문과 어울리는 고벽돌 담장이다.

담장 앞에 커다란 화분을 놓으려고 엄마가 이른 아침부터 끙끙거리며 애쓰다 힘에 겨워 포기했다.

아마도 저녁에 큰형아가 다녀가야 할 것 같다.

머릿속으로 수십 번 넘게 이미지를 떠올리며 고민했을 엄마 덕에 우리 집의 자연과 잘 어울리는 담장이 된 것 같다.

소프워트는 어느새 푸릇푸릇해졌고
곧 라일락이 필 것 같아.

엄마가 정원 일을 하는 동안 가만히 옆에 있으면,
엄마와 나와 자연이 하나가 되는 것 같아.
엄마가 미소로 속삭여.

너와 함께 고요함 속에서 부드러운 손길로
정원 일을 하노라면 어느새 마음이 평화로움으로
단단해지고 있는 걸 느끼게 된단다.
사랑해, 담덕.

2024 4 13 밤 8시

마가렛도 예쁘고 크리핑 로즈마리 사이에 심은 페튜니아도 예쁘다 하면서 엄마는 지쳐 보였다.

아빠가 알아차렸다. 팔공산 별당 아씨, 바람 쐬러 갈까요? 하시네.

어느 때 엄마가 불만 가득한 표정으로 뽀로통해 있으면 아빠가 엄마를 투덜 공주 라고 부르기도 한다.

근데 오늘은 투덜댈 힘도 없는 듯 엄마가 꽤 지쳐 보였다.

그렇게 대충 집을 나서니, 이즈음부터 6월까지 보이는 노랑이 섞인 연두색의 나뭇잎 들이 순간의 기쁨을 느끼게 해 준다며 엄마가 좋아라 했다.

지친 초록이 힘겨워하며 견뎌 내는 한여름의 텁텁함이 없어서 나도 이즈음이 좋다.

분식집에서 떡볶이와 납작만두로 즐거워하시다가 차에서 기다리는 나를 위해 간 을 하지 않은 납작만두를 따로 가져오셨다.

어찌나 맛있던지 오물오물 먹는데 엄마가 나의 이빨을 유심히 보며 아빠에게 담덕이 치석 제거해야 된다고 하네.

아유 난 치석 제거하는 거 딱 싫어.

그치만 안 하면 이빨이 상하니 안 할 수도 없

잖아.

병원에 가면 마취하고 해야 하니 계절이 바뀔 때마

다 집에서 아빠가 해 주시지.

돌아오는 길에 아랫동네에서 산책을 해도 치석 제

거할 생각에 발걸음이 신나지 않았어.

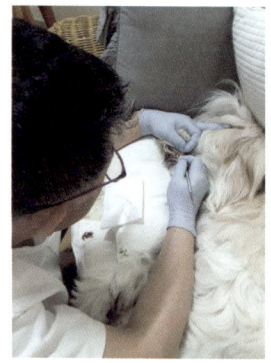

집에 오자마자 아빠가 치석을 제거하는 동안 엄마

가 골드키위를 준비하네.

이제 엄마는 지쳐 보이지 않는 걸.

얼른 끝내고 내가 좋아하는 골드키위 먹으며 엄마와

웃어 볼까?

작은 슬픔도 나누고 싶어.

튤립에게 인사하고 은방울꽃을 자세히 보려고
고개를 숙이는데 아빠가 부르셨다.

담덕~~
빗방울 떨어져.
얼른 들어오너라.
빗소리 들으며 발바닥 털 정리하자.

헐...

아빠는 빗소리를 좋아하지만 나는 발바닥 털 깎는
동안 꼼짝 않고 누워 있으면 아무 생각이 안 난다우.
그래도 털을 정리하고 나면 초콜릿이 박힌 발바닥이
라며 엄마가 예뻐해 주니 후딱 해 버려야지.

얘들아, 내일 또 만나자.
포근한 봄비가 너희들을 촉촉하게 쓰다듬으니 더 예
뻐지겠구나♡

오래전 우리 집에 처음 왔을 때,

풋풋하게 전해지던 연보라색 향기가 기분 좋았어.

엄마가 라일락 향이라고 알려 주었지.

이즈음이었거든.

굳이 말하지 않아도 깊은 친밀감을

느낄 수 있는 누군가를 그리워했었기에,

스텔라 엄마를 만났을 때 단번에 알 수 있었어.

우리, 통하는구나.

라일락 향이 익숙하게 스며들었지.

영산홍이 진다홍 왕관을 펼쳤다.

이 계절에 마음껏 사랑하며 아름다운 노래를 들려
주는 새들의 화음을 감상하며 영산홍 맞은편 테라
스에서 쉬고 있다.

엄마가 정원 일을 하는 시간이 길어지면 계속 따라
다니는 게 힘들어서 이렇게 기다리고 있는 거다.

엄마는 담장 아래 큰형아와 아빠가 옮겨 준 화분들
에 로즈마리와 다알리아, 데이지, 장미 등을 옮겨 심고 있다.

나는 엎드려 있다가 궁금해지면 한 번씩 일어나서 엄마의 움직임을 따라 몸을 돌
리곤 한다.

엄마도 내가 잘 있는지 확인하며 손을 흔들어 준다.

드디어 마무리를 하는지 나를 부르네.

예쁘게 심어진 친구들을 보러 가야지.

잘 기다렸다고 두부를 구워 주시잖아.

아유 맛있어라~~

아빠와 나의 아침 메뉴는 거의 같다.

양배추와 당근을 올리브오일에 살짝 볶은 후 달걀을
곁들이고 블루베리와 바나나를 갈아서 같이 먹는다.
산책을 다녀온 후에는 토마토를 먹는 편이다.
12시쯤에는 엄마가 매일 정성껏 뜨뜻한 밥을 차려
주신다.

엄마는 또 잊지 않고 오후 서너 시가 되면 사과나 파프리카를 챙겨 주신다.
저녁은 아빠의 상황에 따라 달라지지만 외식을 하더라도 차에서 기다리는 나를
위해서 꼭 무언가를 챙겨 오신다.

아빠의 건강을 염려하는 엄마는 일주일에 두 번은
꼭 아빠랑 같이 산책을 하려고 애쓴다.
등 떠밀리듯 마지못해 산책을 나서던 아빠도 이젠
제법 잘 따라나선다.
요즘 아빠는 영탁의 '폼 미쳤다'란 노래를 좋아한다.
곡의 느낌과 가사가 아빠한테 딱이다.

난 성격이 급해.
난 시작하면 끝을 봐야 해.
난 독학이 편해.

틀에 박힌 건 안 해.

더 자유로운 곳에 나를 방생해.

노래를 흥얼거리며 앞서가던 아빠가 갑자기 개미집 앞에서 발걸음을 멈추었다.

개미집 두 곳을 눈처럼 해서 돌멩이로 코를 만들고 이파리로 미소 띤 입을 만들더니, 늘 고마워하는 마음이라며 엄마에게 선물하잖아.

왕개미가 내 털을 타고 올라오는 게 싫어서 저만치 떨어져 있던 나는, 최고의 자연주의 작품이라며 아빠를 치켜세워 주는 엄마가, 사랑스럽게 보였다.

45년 만에 병든 몸으로 나타난 어떤 분으로 인한 스트레스와 분노를 아무 연관이 없는 엄마에게 겨울 내내 잔소리로 풀던 아빠의 마음에도 봄이 제대로 왔나 보다.

확실히 여유로워지셨으니 다행이잖아.

엄마가 아빠의 투정을 품어 준 덕분인 걸 나는 안다.

4월의 향기는
우리의 첫 만남을 설렘으로 떠오르게 해.

오십 그루가 넘는 크고 작은 라일락들이
집 주변을 감동시키고 있어.

연보라색 쉬폰 블라우스 같은
라일락의 순수한 향이
애틋한 그리움을 전해 주고 있지.

4월 * 라일락 향이 익숙하게 스며들면

어제 장미를 옮기는 엄마를 피해 돌로 턱을 만들어 둔 곳을 오르다가 퍽.

몇 년 전 요로 결석 수술을 했을 때보다 더 아팠다.

악악악악악.

비명이 저절로 나오며 왼쪽 뒷발에 힘이 빠지더니 땅에 발을 딛을 수가 없었다. 놀란 엄마가 나를 안으려 했지만 뒷발에 힘을 줄 수가 없으니 그 또한 쉽지 않았다.

우리가 가는 병원에 연락을 하니 박 원장님의 휴무일이라 급한 마음에 엄마가 나를 업고 가까운 동네 병원으로 갔다.

이리저리 X-ray를 찍는 동안 무척 아팠지만 잘 참고 있었다.

뼈에는 이상이 없다며 관절염 같다고 했다.

개운치 않았던 엄마가 집으로 돌아오면서 박 원장님께 직접 전화를 걸어 상황을 설명하셨다.

원장님이 병원에 들러 X-ray 사진을 받아 확인하겠다고 하셨다.

소식을 전해 들은 이웃분이 근무하시는 대학 병원의 수의학과 교수님께 연락을 취해 도움말을 해 주셨다.

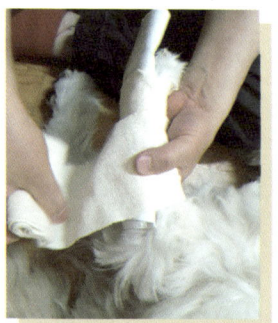

너무 아파서 어설프게 엎드려 있었더니 아빠가 아무래도 심상치 않으니 발목에 무리가 덜 가게 하자며

직접 깁스를 해 주셨다.

혹시나 모를 경우를 대비해 튼튼한 유아차를 주문해서 내가 타고 다닐 수 있게 하셨다.

엄마는 계속 울면서 스스로를 원망하고 있었다.

하부지인 아이에게 내가 소홀했어.

내 탓이야.

차라리 내가 다치는 게 나았어.

비가 내리는 오늘 아빠가 급하게 구입한 유아차를 타고 박순석 원장님께 가서 다시 진료를 받았다.

이분은 나의 감성과 환경을 존중해 주며 늘 따뜻하게 설명을 해 주신다. 무릎 십자인대 파열이라고 하셨다.

무척 아팠을 거란 말에 엄마는 또 울면서 무척 미안해했다.

두 가지의 수술 방법을 설명 들었다.

엄마와 아빠는 진중하게 고민하시더니 수
술을 거부하고 나를 안으셨다. 내 나이가
많으니 걱정이 되었을 것이다.

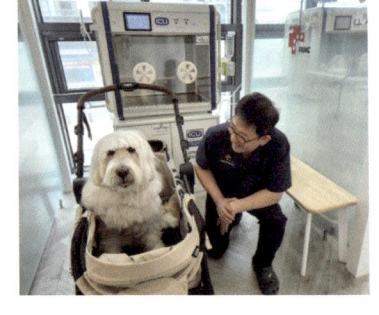

그러자 원장님이 수술을 안 하는 경우에
대해서 설명해 주시며 담덕이는 잘 대처하
고 충분히 회복할 것 같다고 하셨다.
일단 먼저 체중을 줄여 다른 발의 부담을
덜어 주어야 한다.
어느 정도 회복된다 하더라도 평지 위주로 걷고 늘 조심해야 한다.
아빠는 내가 이용할 우리 집 계단들의 한쪽을 고쳐서 나에게 무리가 가지 않도록
턱을 없애고 완만하게 경사를 주겠다고 하셨다.

나는 부모님의 결정을 존중한다.
형아들도 당장 달려와 응원해 주었다.
나보다 엄마가 더 아파한다는 것 또한 알고 있다.
그러니 잘 이겨 낼 것이다.
세상 든든한 가족들이 늘 함께하니 두렵지 않다.

불편하고 어색한 시간을 견뎌야 한다.
살짝만 움직여도 아픈 건 참는대도 다리에 힘이 없
어 균형이 잡히지 않는 상황을 받아들여야 하는 건
힘들다.

게다가 오래 서 있지를 못해 엎드려서 밥을 먹어야 하고 체중도 줄여야 해서 밥그
릇이 납작하게 작은 것으로 바뀌었다.

수시로 나를 안아 주어야 하는 아빠는 나를 안을 때 혹시나 실수할까 봐 그렇게
좋아하는 술을 한동안 드시지 않을 거란다.
닫문 현관에 있는 세 번째 계단에서 여행용 가방을 두는 다락으로 통하게 걸쳐져
있던 이동식 나무 사다리가 치워졌다. 그 자리에 계단을 이용하지 않아도 되게끔
나를 위한 완만한 통로가 만들어진단다.
엄마는 수시로 나를 살피며 울컥하다가 아랫입술을 깨물곤 한다. 오후에 병문안
오겠다는 선영앤 이모의 전화를 당분간은 우리의 시간이 필요하다며 엄마가 부드
럽게 거절했다.
큰형아는 졸린 목소리로, 작은형아는 친구들이랑 운동하다가 밝은 목소리로 나를
응원하는 전화를 하고 있다.

그렇게 야무진 사랑이 흔들림 없이 나를 지탱하게 한다.
힘들지만 지나갈 이 시간을 잘 견딜 거다.

왼발을 제대로 딛지는 못하지만 어제보다 조금 더 다리에 힘이 생겨 잠깐 동안 서서 밥을 먹을 수 있다.

엄마가 밥양을 줄이면서 구운 소고기나 삶은 전복에 브로콜리를 곁들여서 하루씩 번갈아 가며 주신다.

얼른 낫기를 바라는 마음이 담긴 식단이다.

아픈 다리를 제외한 나머지 다리들을 더 건강하게 지탱해야 하니 운동을 게을리 할 수가 없어서 쉬야를 하러 나갈 때면 엄마랑 정원을 둘러보고 오기로 했다.

쉬야를 할 때에도 다리를 들 수가 없어서 조심조심 어색하게 해야 한다.

며칠새 크리핑 타임이 돌 틈 사이에서 보라색 물결을 이루었구나.

언제든 마음껏 거닐던 정원을 이렇게 힘겹게 보게 되다니.

서너 걸음 가다가 쉬고 또 서너 걸음.

엄마는 무진장 기다려 줄 수 있단다.

코끝이 찡하다.

무진장이라니.

엄마의 그 무진장은 끝도 없는 사랑인 걸.

아빠가 나를 안을 때면 아픈 다리를 생각해서
바닥에 내릴 때에도 왼발에 충격이 가지 않도록
오른발부터 먼저 가볍게 닿도록 신경 써 주신다.

큰형아는 통통한 곰돌이 푸 같아서
배가 물풍선처럼 닿지만 부드럽다.

작은형아가 안으면 운동으로 다져진
탄탄한 힘이 느껴진다.

엄마는 나를 안으며 아야아야아야
미안미안미안을 작게 반복한다.
닿을 때마다 나보다 엄마가 먼저 아픔을 느끼는 것
같다.

가족들이 전하는 각자 다른 형태의 사랑이
내 심장에 들어오면 모두 다 뭉클한 하트가 된다.

엎드려서 밥을 먹고 싶지 않아 서서 밥을 먹으려고 균형을 잡아 보는데 여전히 왼발을 딛기가 쉽지 않다.

왼쪽 다리에 힘이 들어가지 않으니 바닥에서 띄워서 왼발을 어설프게 들고 밥을 먹는데 뒤편에서 엄마가 어느새 다가와 나의 왼발 아래에 손을 넣어 부드러운 버팀이 되어 주었다.

다리가 아프니 비 오는 날은 더 힘들다.

그래도 응가랑 쉬야는 해야 하니 용기를 냈다.

내가 천천히 나갈 준비를 마치니 엄마가 앞장서서 바닥이 미끄러운지 확인하며 우산을 씌워 주었다.

예전에는 비 오는 날에도 마구마구 뛰어다니느라 엄마의 우산 속에 나는 없었는데.

이제 막 꽃을 보여 주는 클래마티스를 멍하니 바라보고 있으니 엄마가,

담덕♡

다리는 차츰차츰 회복될 거야.

설령 예전과 똑같이는 되지 않는다 하더라도 나는 세상에서 네 다리가 제일 멋있어.

그리고 무엇보다 중요한 건 이 정원에서 많은 시간들을 우리가 함께했고 지금처럼 앞으로도 함께할 거라는 거야.

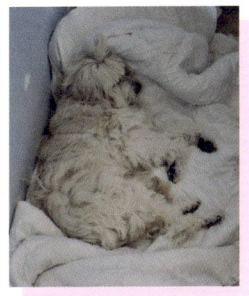

잠시 걸었는데도 몹시 피곤해져서 스르르 잠이 드는데 비가 와도 뽀송뽀송한 기분
이다.

2024 4 25 오후 5시

청도에서 경주에서 단양에서 반가운 분들이 오셨다.
된장찌개에 나물밥을 먹고 루이보스에 쑥과 메리골드 레몬 그라스를 적절하게 블랜딩한 엄마의 허브티에 감동하며 로맨틱해졌다.

다친 나의 다리를 안타까워하며 꼬꼬마 시절 나와의 추억들을 훑어 내시다가 지난 시절의 얘기들을 하고 또 하고 듣고 또 들으며 깔깔깔.

문성희 선생님이 쓰신 책에 글을 적어 선물해 주시면서 내 이름 철자를 잘못 썼다며 웃으셨다.
늘 엄마 편인 김양희 이모님이 곱게 손질해서 가져오신 맛있는 가자미를 구워 주며 먹고 얼른 나아라 하셨다.
김서진 이모님은 십 년쯤 전 괴산에 있는 폐교에서 발효 강의를 하실 때 뵙고 한참 만인데 그때보다 더 여유로워 보이셨다.
김성희 이모야는 여전히 4차원.

나이에 상관없이 허물없는 오랜 친구들♡
다들 나를 사랑해 주고 염려해 주어 고마웠다.

엄마는 꽃이나 나무 둘레에 돌로 동그랗게 띠를 두르는 것을 좋아해.

커다란 그늘을 선물해 주는 느티나무 친구들 아래에도 큰 돌로 둘레를 만들어 의자처럼 앉을 수 있게 만들었지.

그 덕에 엄마의 손은 거칠고 마디가 굵어진 손가락은 휘어져 있지만.

레몬그라스와 가든 세이지, 오레가노를 심으려고 돌들을 연결해서 화단을 만들었고 작은 돌들은 모아서 양동이에 담아 옮기며 수국과 벨가못, 홍홍 여사님 아래에 띠를 둘렀어.

정원 일을 하다가 하트 모양으로 보이는 돌을 만나면 앞치마 주머니에 넣어 와 나에게 보여 주며 들뜨지.

그럴 때면 나도 행복해. 그렇게 선물 받은 나의 돌들은 그린게이블즈 입구 창틀에 전시해 두고 예뻐해 줘.

그런 엄마가 버지니아 울프의 글을 진지하게 읽으며 깊게 의미를 되새길 때면, 순간 엄마가 사라져 버리는 건 아닐까 뚫어져라 쳐다보게 돼.

코트 주머니에 돌을 넣어 강가로 향한 그 버지니아를 나는 떠올리기 싫거든.

자신보다 가족들에게 헌신하기에 한순간도 방치된 적 없이 든든하게 채울 수 있었던 나의 웃음으로 이젠 내가 엄마에게 알려 주고 있어.

엄마가 엄마의 시간들을 따뜻하게 바라보며 스스로를 안아 주는 법을.

그러니 언젠가 내가 사라진 후에라도 엄마는 돌을 모아 식물들 주변을 아름답게 만들고 있을 거야.

나는 사랑스런 느낌이 되어 엄마 옆에 머무르며 지켜볼 거고.

어제 해 질 녘에 평소보다 조금 일찍 일을 마치고 오신 아빠가, 스텔라 담덕 떠나자~
정원의 식물들 물 주는 것과 고양이들 밥 챙기는 것은 슬그머니 엄마를 도와주는 칠이 삼촌한테 부탁해 두셨단다.

여행 갈 때 주로 타는 키가 높은 차를 두고 엄마가 아끼는 나지막한 클래식 차에 급히 여행용 짐을 실었다.
차에 오르내릴 때 왼쪽 무릎에 무리가 될까 봐 아빠가 나무로 접이식 통로를 만들어 연결해 주셨다.
모두 다리가 아픈 나를 위한 배려다.

그렇게 어둑어둑해져서 도착한 남해.
높은 침대에서 자는 건 위험하다며 바닥에 이불을 푹신하게 깔아 주셔서 아침까지 단잠을 잘 수 있었다.
바닷가 산책을 좋아하는 엄마가 좁은 굴곡이 있어 곤란하다며 바닷가 산책을 포기하고 다가오는 어린이날을 기념해서 평지에 만들어 둔 조형물을 둘러보며 가볍게 산책했다.
조금 걷다가 힘들어하면 유아차에 태워 밀어 주셨다.

목욕하면서 다리를 씻을 때에는 아빠가 아빠의 팔꿈치를 나의 오른쪽 사타구니에

넣어 다친 무릎에 부담이 가지 않도록 힘을 덜어 주려 애쓰며 조심하셨다.

든든하고 착한 나의 슈렉 아빠.

아빠에게서 루이보스 향이 느껴졌다.

사랑을 담은 눈빛으로 동물들을 이해하며

그 모습이 자유로이 평화로울 수 있도록 지켜 주노라면

마음에서 어떤 결핍이 사라지고

화려했던 외로움이 떠나가는 걸 느끼게 된다.

반려동물을 이해하지 못하는 경우에도

존중은 해 주는 마음이길 기도한다.

연두와 올리브그린의 나무들이 노랑을 품고 있다.

설렘 가득한 봄비를 들뜬 나무들이 반기고 있다.

한여름이 되면 나무들이 고이 품어 여물어진 노랑에게

또 다른 설렘을 찾아 자유로이 날아가라 한다.

그러고 나면 진한 초록이 숲을 이룬다.

무더위에 지치는 초록이 인내하며 터트리는 단풍색은 화려하다.

그리고 다시 나무는 비움의 시간으로 겸손한 지혜를 나눈다.

자연 스스로 보여 주는 낯설지 않은 색깔 앞에서

사람이 만드는 색깔은 겸허하지 않고 어떠하든 부자연스럽다.

또한 어떤 색으로 자신을 화려하게 포장한대도 결국

자연의 색으로 돌아가며 제대로 평온할 수 있다.

가족이 되었던 4월을 그리워하지 않을 날이 있을까?

다리를 다쳐 끔찍했던 순간에도 불안과 고통을 밀어 버리는

가족들의 사랑이 무한한 보호막을 펼쳐 주었지.

들리나요?

담덕이의 옹달샘 언어가♡

담덕이의 마음은 투명해서 다 보인다.
살며시 안으면
나의 슬픔마저도 나누려 하는 걸 느낄 수 있다.

그 맑은 눈에 나의 욕심이 비쳐질까…
웅얼웅얼 어어어 우우우우우~~
담덕이의 옹달샘 언어처럼
나도 순수해지고 싶었다.

시가 되는 담덕이의 하루와
그 시들이 모여 나를 위한 동화가 되는
담덕이의 날들에
든든한 웃음이 되어 주고 싶었다.